U0904190

世界尽头

那多 作品

CnS PUBLISHING & MEDIA 中南出版传媒
湖南文艺出版社 HUNAN LITERATURE AND ART PUBLISHING HOUSE
博集天卷 CS-BOOKY

世界尽头

Contents 目录

关于这场大灾难，你们到底知道多少？

强度九级，大海啸，毁灭的樱花树，开始活跃的富士火山，几万人的死亡，一个接一个爆炸的福岛核电站机组，福岛五十死士……

我想自己是白担心了，哪儿有人专程从中国坐飞机来日本自杀的。这时他回身了，向我走来。他并没有看着我，脸上的表情是掩不住的忧愁。我心里不禁又嘀咕起来，难不成他还真是想不通，要在异域寻死吗？

我和他曾经无话不谈，哪怕他这么一个严守规矩纪律的人，有时也会说些不该说的话，透露些绝密的内情给我。

这是因为信任。

看来，这份信任已经不复存在了。

毫无疑问，我的行动是莽撞的，我有多少年没这么冲动过了，决然而不顾后果地去寻求一个答案。两个原因，首先我在异国他乡，语言不通，资源匮乏，孤立无援，一切只能靠自己；另一个原因，就是被梁应物给气的。你不让我介入，我就自己来，偏要弄出点儿动静来。

这和那种重烧伤病人的脸不同，那种脸上，至少还留下了原本是眼睛和鼻孔的几个窟窿。

但它没有。这还是脸吗？这不是脸吧。

这不是一个人！

哪怕是无面人再次出现在这段监控中，甚至是个幽魂出现，我都不会如此惊讶。实际上，画面里出现的东西本身一点儿都不奇怪——一个长长的大拇指。大拇指上有口香糖，按在镜头上，于是就什么都看不出了。

十根手指张开，仿佛在用力。蓦然，一个人影从池里升起来，带着四散的水珠，带着“轰”的一声闷响，落在冰池前。

“你好，水笙。”我说。

“你还在等自卫队吧，别等了，不会来了。”梁应物淡淡道。

“怎么，梁主任你……”陈果张口结舌，一时不知该说什么才好。

“我补了一个电话给他们，替你的自作主张道歉。现在，这里由我负责，你可以走了。”

“你居然让他这么跑了，你就该扑上去抓住他。他受了伤，根本挣脱不了。”走上岸的时候，陈果忍不住抱怨。

“但并不是没有收获。”我说。

梁应物这时刚刚一骨碌从地上爬起来，他这个动作和假桂勇一比，显得如此缓慢，仿佛是个电影里的慢镜头。他试着伸手去抓，却抓了个空。

他竟是又冲回了楼里！我紧跟着他，眼看他的速度比我快得多，大叫一声：“美季子！”

浪裹着我，投入旋涡的中心。我全身仿佛覆了一层膜，不知是水还是另一种东西，柔软冰冷，却把我牢牢束缚。几秒钟后我就被卷至海底，但依然能够呼吸，一个水泡裹着我的头部，给我送来足够的氧气。

它究竟有没有用某种方式，让自己借着孩子复活？这个问题，我和梁应物都在琢磨，但都没有答案。欧姆巴对生命的研究，已经超越了人类一大截。

世界尽头

引子
福岛

关于这场大灾难，你们到底知道多少？

强度九级，大海啸，毁灭的樱花树，开始活跃的富士火山，几万人的死亡，一个接一个爆炸的福岛核电站机组，福岛五十死士……

时间：北京时间3月11日13时46分

地点：日本东北部宫城县以东太平洋海域

震级：里氏9.0级

震源深度：10公里

余震：11—13日，共发生168次5级以上余震

伤亡：已确认14704人遇难，10969人失踪

核电站事故：福岛核电站1、2、3、4号机组接连发生事故后，日本各地均监测出超出当地标准值的辐射量。

火山：新燃岳火山4月18日再次喷发

据新浪网

关于这场大灾难，你们到底知道多少?

强度九级，大海啸，毁灭的樱花树，开始活跃的富士火山，几万人的死亡，一个接一个爆炸的福岛核电站机组，福岛五十死士……

你以为已经知道了很多，铺天盖地的报道、图片、录像，让你来不及看、来不及听，甚至来不及想。其实，你只知道一点点。就像我家老宅每年春夏季间会飞出的百十只白蚁，努力迎着光飞，最后脱落翅膀变成肉虫，在地上扭动并死去。其实在墙后、在地下，还有数万、数十万同类在爬动着。它们啃出的密道遍及周围的数幢房子，形成复杂的网络。网络的中心，是只管吃、交配和产卵的肥硕蚁后。

所以呈现在你眼前的永远是微不足道的细枝末节，哪怕对你来说已足够惊世骇俗。

比如，你知不知道，这就是世界尽头。

第一章 沉 没

我想自己是白担心了，哪儿有人专程从中国坐飞机来日本自杀的。这时他回身了，向我走来。他并没有看着我，脸上的表情是掩不住的忧愁。我心里不禁又嘀咕起来，难不成他还真是想不通，要在异域寻死吗？

我叫那多，是个记者。不是娱记，是最传统的那种，跑社会新闻的记者。

我所在的报社叫《晨星报》，一家始终要争做一流的上海二流日报社。

我一直撞鬼。

这只是个形容，并非真的撞上“鬼”。自打我成为一名记者，遭遇过的离奇事件足有几十宗了。所谓的离奇，不是指一个人从十楼跳下去侥幸生还的那种离奇，而是一个人从十楼跳下去，打了个滚爬起来拍拍灰打个哈欠坐电梯回去睡觉的那种离奇。

总之，我接触了这个世界的另一面。

有人开玩笑说，我拥有吸引灵异事件的特殊体质。其实，只不过是我年轻时好奇心旺盛，该追究的、不该追究的新闻一概查到底，就翻出了世界的另一面来。而现在，我已经不是当年的好奇少年，很少会主动掺和到神秘事件中。说好听些叫知其雄守其雌，其实是明白了其中的危险，况且这世间的秘密何其多，我是无法穷尽的。但由于之前那么多年的经历，我在一些特定的圈子里有了薄名，于是，即便我安然家中坐，一些事情还是会找到我的头上来。

就比如这一次。

我一向睡眠很好，所以不怕长途飞行，几个迷糊也就过去了。但这次始终睡不着，还有一个多小时就到日本了，这是二〇一一年三月十七日，震后第六天。睡不着的原因不是很快将进入核辐射区，而是尽管闭着眼睛，但还是在眼前不断闪回的那几幅照片。

我睁开眼睛，拿起脚边的手提电脑打开，在C盘的下载文档里找到一个名为“勿备份即删除”的文件夹。我坐在靠窗的位置，斜眼往身边一瞥，邻座还在打瞌睡。为保险起见，我还是调整了一下屏幕的角度，才点开了文件夹。

文件夹里就是在我眼前萦绕不去的那组照片。文件夹的名字不是我起的，是我把邮件中附件的压缩包解开后自动生成的。而邮件则是梁应物发来的。

梁应物是我的老友。这几年，他越来越少地履行作为一个大学教授的职责，这一重掩饰身份对他来说似乎越来越不重要了。我想，这大约和他在X机构中职位的升迁有关吧。我一直没弄明白这个庞大的官方地下科研机构的组织结构，但梁应物现在至少是中层了，再不是当年纯粹的科研人员。对神秘现象的研究往往需要横跨诸多学科，整合大量的社会资源。自打我知道X机构起到现在，这个机构的膨胀连我这个外人都能感受到。作为这个庞然大物里的中层，手上握有的权力，可不是一般的富豪或者厅局级官员所能比的。

在收到他的那封邮件之前，我和他失去联系有一阵子了。

三月十一日日本大地震，我从网上得知消息后，一直处于不安中。二〇一二年世界末日的说法已经很不新鲜了，在我看来，这说法根本没有任何根据。可是近几年自然灾难发生的频率，已经密集到令人瞠目的地步。从中国的汶川地震开始，海地、智利、印尼、萨摩亚……七级甚至八级以上的地震接踵而至，还有影响整个欧洲的冰岛火山喷发。这些事件连成一条线，我看不见它指向何方，前方似乎是深渊。及至此次日本大地震，我的不安终于累积到顶点。

于是在地震的第二天，三月十二日，我忍不住打电话给梁应物，想问问他，在他的渠道里，有没有任何证据表明，这一连串的自然灾难中，存在着内在联系。可他的手机始终处于关机状态，在那之后也一直如此。发邮件不回，MSN上也始终没有出现。十三日晚间，我直接去他的住所拜访，没有人在。我想，他一定又在X机构的某一个秘密项目中了。那时我就有一个预感：也许和这次的日本地震有关。

三月十五日清晨六点三十分左右，我的手机响起来。手机接通后，里面传来的是标准的普通话女声。

“您有一封邮件，请注意查收。”

我“喂喂喂”了半天，那头也没有任何互动，仿佛是自动答录机，把这句话重复了几遍后，电话就断了。

我爬起来开电脑上网进邮箱，果然有一封邮件静静地躺着。

邮件的主题让我看了心一跳：“日本”。

内文如下——

那多，我已在日本数日，你有无兴趣来仙台采访？附件里的照片，是近日从福岛附近海域捞上来的东西，你看了想到什么？也许有要借助你的地方。如决定赴日，请于中午十二点前回复邮件确认，以便我安排相关事宜。

梁应物

说实话，现在去日本采访，已经比国内几份大报慢了一拍。但作为《晨星报》这样的地域性媒体，能有这样的机会仍是很难得。更何况梁应物既然发了这样一份邀请，肯定会把采访安排得妥妥帖帖，去了不会像没头苍蝇般瞎撞。

更何况，还有附件里的那些照片。

一共五张照片。

照片里的东西，是某种我不认识的生物。其中一张的背景是某船只的甲板，我想大概是渔船。这生物横躺在船尾甲板上，照片边缘露出几只渔民的光脚丫子。按比例可以推算，该生物体宽一米多，长度则不清楚，因为那东西还有一截是挂在甲板外的，仅甲板上的部分就有六七米长。

这不是鱼，而像是海洋里的某种软体生物，色泽奶白，我怀疑它活着的时候是半透明的。这显然不是乌贼或章鱼，也不像水母，在我可怜的海洋生物学知识里，一时间能想出的软体生物也就这几种了。这东西的身体扭曲着，或者它天生就是这样的螺旋状。其实，用逻辑判断也能推想出，这必然是一种从前未被发现过的生物，否则梁应物怎么会如此郑重地把照片发给我。

在另三张照片里，这生物被放到一间玻璃房里，应该是个生物实验室吧，肯定是低温抑菌的环境。这次没有参照系，我估不出它的全长。其实，我并不能确定玻璃房里的这个生物和甲板上的是否为同一只。这只的颜色深，呈淡黄色，身体的长宽比例也变了，显得更瘦。和甲板上时最大的区别是扭曲得更加厉害了，怎么形容呢，活像块拧紧的抹布。

也许是缩水。当我在飞机上重新看照片时，这样想道。如果是同一个生物，实验室里的它看起来要比甲板上干枯了许多。但也完全可能是不同的另一只，因为这组照片里的最后一幅，是在某座大冷库里拍的。第一次看时，我花了好一会儿，才意识到那些挂着白色冰霜的长条物体，就是前几幅照片的生物。照片里，这东西挤得满满当当，上下摞起三层，我数出了三十二条，那个冷库里的实际数字肯定远大于此。

深海里有太多人类未发现的物种，渔民一网捞起条从未见过的鱼类或甲壳类并不是什么稀罕事情，何况这样的大海啸，把原本人类接触不到的深海物种卷到近海是再正常不过的。但一次发现那么多同类的大型生物，这就不寻常了。这也许就是梁应物郑重其事地把照片发来的缘故吧。

我这样想着，心里却对此仍怀着不解。

不，这样的理由还不够。

以我过往的经历，梁应物绝不会认为，这点点稀奇事是足以吊起我的胃口。

我死盯着电脑屏幕，想看穿那里面的奥秘。

必然是更要紧的事情，从他要求我看过这些照片后，“勿备份即删除”就能看出。

在这封信里，梁应物没有进一步的解释，甚至在我征求报社的意见后，回信同意赴日，他也没有再和我联系，手机、邮箱都是如此。当天夜里，我接到使馆一名工作人员的电话，让我次日一早去办特别签证。签证完三小时，我收到了关于机票信息的短信。再一天，我就在这架飞机上了。我当然明白这是他的安排，更确切地说是X机构的安排。他无法私下和我联络，只能这样生硬地公事公办。包括这封电邮内容，恐怕也会在他的工作记录中备案。所以要得到更多的内情，恐怕只有等我到了日本，见到他本人以后了。

当我研究不明生物照片的时候，听见后排有两个人开始说话聊天。这是一架直航包机，根据我上机以来的观察，乘客全都是和灾后事宜相关的，有医疗队、外交人员等，还有几个中年人，根据听到的零星对话，我猜测他们的专业应该与核电有关。

后面这两个人只是闲聊，却让我一时猜不出他们的身份。没多久，他们把话题转到了核辐射上，坐在我正后方的那个人说了一句要紧的话。

“你还别说，我们在这儿担心辐射，可有人为了辐射巴巴地往福岛跑呢。”

“为什么？疯啦？”另一个人奇怪地问。

“怎么你不知道吗？现在，全世界那些个研究核辐射对生物变异影响的课题小组都去福岛了。多少年没有实弹试验了，他们本来都围着切尔诺贝利周围的那片死区做研究。现在福岛核电站这一泄漏，看架势就要赶上切尔诺贝利的影响了。听说这辐射量，可比普通的氢弹爆炸大得多呢。”

“是吗？那可真是为了搞研究连命都不要了。虽说都会穿防护服，但如果一直待在中心区，多少总会受影响的吧。万一再爆炸几次，这……”

“人家可不像我们这样惜命，哈哈。那些消息灵通点儿的，一号机爆炸后就过去了。反应慢点儿的，现在也都在往那儿赶。都说福岛那儿……”他压低了声音说，“早晚要出大事。”

我对他后面说的这些没谱的事情不关心，仅前面的那条信息就让我突然明白过来，难道照片里的东西不是什么新物种，而是变异生物？

可是，哪儿有这么快就变异的呢，这才几天啊。

但是，只有变异生物才说得通呀，X 机构那么早就派出团队去福岛，是否就是去观察核泄漏后的生物变异呢？

如果照片上的生物是因为受了核辐射而在短时间内变异的，那就有足够的理由来解释梁应物的郑重其事了。

不对不对，不可能是变异。基因突变是发生在单个个体上的，而那张冷库照片里，有那么多的长条状生物，不管其原形是什么物种，难道会突变成一个模样吗？

我思前想后，翻来覆去，一时间脑子里乱作一团。

用脑过度，我终于困了，竟不知不觉地靠在椅背上睡了过去。之后空姐把我叫醒，提醒我关闭电脑，快降落了。我吓了一跳，小桌板上的电脑上闪着屏保，希望没有人看到那些照片。不过话又说回来，就算扫过一眼，也看不明白那是什么吧。

我这样安慰着自己，收好电脑，一边等待降落，一边脑子又转到了照片上。

梁应物以 X 机构的身份请我去日本，除非他很确定我能帮到他，否则以他公事公办的性格，是不会发这封邮件的。X 机构一向都很注重保密。

我能帮到他吗？我怎么到现在还都一头雾水呢。他反倒对我这么有信心？

还是有一些照片上没有透露出的事情，在等着我？

仙台机场早已被海啸冲得一片疮痍，复开之日遥遥无期。飞机是降落在福岛机场的，出关有专用通道，速度很快。不像其他人，我是独自一个，谁都不认识。也不能完全这样说，整架飞机上，有一个我似曾相识的人。那是个相貌英俊的男子，三十许的年纪，上飞机时他盯着我瞧。我认识他吗？记忆里找不到。那面容陌生中带着一点点熟悉。我的记性不错，像这种情况，顶多从前在什么场合仅与他有过一面之缘，并且肯定没说过话。

出关时又看见了他，和他一起的其他几个人，听口气像是某个援助机构的。但他并没有加入同伴的对话，目光游离，扫过我的时候，冲我笑了笑。

这是个没有多少诚意的笑容，像是从愁云惨雾里硬挤出来的，是下意识的打招呼性质的笑容。虽然整架飞机的人都是因为这场大灾难才来的，但那毕竟不是切肤之痛，只有他一个人满怀心事，忧形于色。

我走过去问他："我们见过吗？"

他愣了一下，停了一小会儿，像是心里转过了些念头，才回答说："哦不，你认错了吧。"随后，他意识到自己之前的那个笑容，改口说："哦，不好意思，是我认错了。"

他显而易见在隐瞒什么，但既然他这么讲，我耸耸肩，回到了原先的位置上。

福岛机场简直就是个奥特曼的展览馆，到处都能见到大大小小的奥特曼模型和装饰画，因为这是奥特曼之父圆谷英二的故乡。我瞧着这些惯打怪兽的"超级英雄"，心里却想到了照片里的那些不明生物。那该算是怪兽吧？

我原以为梁应物会在机场接我，但没有。

有人举着写了"那多"的牌子，在出口等我。那是个年轻的女孩子，穿了一身深色的职业装，硬生生老气了三五岁，一张脸是僵着的，活像木偶剧里的演员。

我走过去和她打招呼，她挤出一个僵硬的笑容给我，说："那多先生吗？"

我说："对，是我。"她说："我是你在日期间的翻译。"我会少许日语，但和我的英语水平一样糟糕。原本梁应物能给我安排一个翻译，算是周到了，可到灾区采访心情已经够沉重，这样一个翻译、这样一张脸，就算是好心情都能被破坏掉，更别说……希望我回国以后，不用抑郁到去看心理医生。

"你的中文说得真好，怎么称呼？"我夸了她一句，希望她能真心地笑一笑。

"我是中国人。我叫陈果。"

我被噎着了，这个陈果从打扮到神情到动作，完全是日本人的感觉嘛。我尴尬地哈哈笑着，一时不知道该说什么好。

她仿佛完全没被冒犯到的样子，表情一如之前，带我去停车场取车。

"我们这是去见梁应物吗？"走去的路上，我问。

陈果愣了一下，反问我："梁应物？"

我吃了一惊，问："怎么，不是梁应物请你来接我的吗？"

她摇摇头："我是东北大学的学生，是中日交流协会请我来做你的翻译的。我不知道谁是梁应物。"

这答案全然在我的意料之外。我本心想着，到了日本，和梁应物接上头，许多疑问自然就有了解答。可是这陈果竟根本不知道梁应物是谁。要知道，以现在的状况，除非梁应物主动与我联系，否则我是找不到他的。

我放慢脚步，试探性地在嘴里低声咕哝了句"X机构"。

"啊，什么？"陈果问。

"哦，我是说，那我住在哪里？还有我是来作震后采访的，关于采访……中日交流协会有什么安排吗？"看起来陈果对X机构一无所知。但不管怎样，这事和中日交流协会肯定没关系，我是梁应物安排来的，这么说，是X机构通过中日交流协会雇了这个翻译。但为什么要隔这么一层呢？似乎没必要啊。不管怎样，我就安之若素，先作采访，相信很快就会有人找上门来的。

“采访……还要安排吗？”陈果问我，我感觉到她的语气里隐藏了一丝不屑。

我耸耸肩，说：“我是说，有没有具体的一些限制。”

“我只是来为您当翻译兼司机的，关于采访的事情协会没怎么和我说，我想应该是没限制的吧。重灾区的一些道路，还有辐射区里，自卫队设了卡哨，协会给办了张临时通行证，凭这个大多数地方都能去了。至于住的地方……”

说到这里，她犹豫了一下，严肃的脸松动了，似笑非笑，有些怪异。

“在相马市，那儿离核电站有五六十公里，是安全区，同时也是海啸的重灾区。就采访来说，不管是往南进入南相马市甚至核电站所在的大熊町，还是往北去宫城灾区采访，都不算远。但现在住的地方很紧张，宾馆都已经满了。”

“是要住灾民安置点吗，这样对我的采访来说反倒有利。”我说。

“安置点也都满了。你住的地方，到了就知道了。”陈果卖了个关子。

以她给我的第一印象，她并不是个爱开玩笑的人，难不成，我住的地方这么令人说不出口吗？

她开了一辆挺新的丰田车来，不知是协会提供的还是她租或买来的。能读东北大学的人，通常都家底殷实，而且她是在东北大学读医，那可是出了名的高学费。

核电站周围二十公里被划为禁区，我们特意避开，绕了个圈往相马市开，别说二十公里，三十公里范围都没踏入，留点儿余量总没坏处。这次赴日采访，我当然不可能不进辐射区，但在那之前，得先搞到防护服。

在公路上开，几乎觉察不出这是个刚经历了大地震的地区。我就没看见一幢被震塌的房子，只有一些路面的裂缝提醒我这里曾经发生过什么。这是下午，路上的车不多，有些冷清。我想这是地震和核泄漏造成的原因，不过陈果说，正常时候，也未见得有多拥挤的车流。

开了半个多小时，她停下来排队加油。前面十几辆车，一辆接一辆排得整整齐齐。我看油表，明明还有大半箱油，不明白为什么要耽误这个时间。陈果告诉我，现在限油，每车每天只能加十升油。我开始嗅到灾难的气味了。

加完油开了不久，我们就上了条可以看见海的公路。视野里开始出现一大片一大片泥灰色的断垣残壁，那是大海啸的痕迹。在二〇〇四年的那场印度洋大海啸之前，我还觉得海啸远没有大地震来得可怕，想想不过是水嘛，会游泳就行了。喏，看看这些九级地震都不会倒的房子，现在几乎被海水推平，成了露天的垃圾场。

路上，我和陈果闲聊，问地震和海啸的时候，她在干什么。

"我可不想被采访。"她说。

我觉得她的语气带着七分认真，把我卡着了，几乎难以继续对话。我心里有些恼火，她这态度换个脾气差的会觉得被冒犯，只是今后几天如果没了这个翻译，靠自己那半吊子的日语水平，采访可有点儿悬。这是她的说话风格，得习惯，我在心里这么对自己说。

"不是采访，就是随便聊聊。"我说。

"地震和海啸时，我在学校里。"

我以为她的发言就到此为止，真是毫无营养。

不料她停了停，说："地震来的时候，我恍惚了一下，然后就发觉自己坐在地上了。我还没意识到是地震了，但眼前所有的东西都在动，所有的东西。它们好像都要活过来。"

我听得头皮一麻，她没有再多说什么，但这已经足够。我想，我甚至可以把这作为一篇新闻的标题——一切都活过来了。

在那之后，陈果沉默着开车。我想，地震一定对她造成了阴影，也就不去追问，反正之前说好了只闲聊不采访的。

坐在陈果旁边，气氛很容易就变得尴尬。她仿佛有一种天赋，能让身边的人进入僵直状态。

于是我又找了些无关痛痒的话题，比如她来日本多久啦，哪里人啊之类的。她的回答总是简短到干涩。

“我是福建人。”她把车停下，说，“我们到了。”

陈果跳下车和看门的老人说话，而我则盯着门牌发呆。

怪不得她先前那一副表情，这门牌上有我能看得懂的汉字。日文里许多汉字的含义和中文不同，比如“手纸”的意思是“信”，但这几个字，就算全不通日语的人，也不会搞错含义。

“友和精神科病院”。

在住宿如此紧张的灾区，仍能为我安排房间，原来不是X机构出了国门依然手眼通天，而是要我和精神病人住在一起。

可能对大多数人来说，这是个难以接受的安排，但我对此倒是无所谓。一个居所而已，当记者这么多年，再艰苦的条件都经历过。

陈果把车开到院内停好，我们刚下车，一个中年人就小跑着过来。他给我们两个递了名片，是这所精神病院的副院长，叫山下雄治。他带我们大概走了一圈，说希望我这个来自中国的记者能住得习惯，有任何事情都可以找他。我说这里看起来很舒服，只希望护士医生都能认得我，把我和住院病人区别对待就行。山下雄治大笑，说一定。当然，这些都是由陈果翻译的。

这里的环境的确不错，分成好几个院落。我猜可能是根据不同的病症和病情，分开居住的。山下把我们领到一个由两幢直角相连的二层楼房组成的院落，我的住处在一楼。我们跟着他走进去，穿过一个有许多人的大厅——我想那都是病人。他们有男有女，穿着便服，或坐着看书，或来回走动，或两三人聊天，见我们穿堂而过，并不盯着看，和正常人无异。穿着白服的医生就在旁边看着，神态也都很放松。

“不要担心。”山下说，“这里住着的病人都是恢复得很好的，差不多快能出院了，应该不会打扰你。”

房间有十二三平方米大小，放了单人床、床头柜、写字台和衣橱之后，还有不少空间，比国内的类似病房要宽敞许多，还带了个卫生间。原本是有网络的，但现在网都断了，不知什么时候恢复。如果我需要把稿件传回国内，可以去山下的办公室打印出来，然后发传真。打电话则稍方便些，每一幢楼都会保证有一部电话是畅通的，这幢楼的电话在入口处服务台。当然也可以打手机，但信号很糟糕，时时会断，因为附近的基站还处于半瘫痪状态，大多数则还停着电。陈果说，宫城那边情况更差。

山下交代过基本情况就离开了。陈果问我接下来的安排，是今天就出去采访，还是等明天。现在还没到五点钟，从记者的角度出发，我当然是该抓紧时间立刻出门采访，但我犹豫了一下，还是让陈果先回去，明天一早来接我。

这不是我要偷懒，而是在这种通信不畅的环境下，我应该待在一个固定的地方，等待梁应物找上门来。

只要我今天不出门，晚上十点之前，必然会有他的消息。要我猜的话，他会直接登门。

陈果走后，我跑去大厅坐了会儿，包括一个五六十岁大婶在内的几个人试着和我说话，见我用中文回答就悻悻地走开了。快六点的时候，这些人纷纷回房去，一个留着络腮胡子的矮个儿男人经过我时，向我点点头，用标准的普通话对我说了声“你好”。在我吃惊的时候，他已经自顾自地走掉了。

回了房，六点三十分，有人敲门。我跑去把门打开，是送饭来的护士小姐。托盘上是份牛肉烩饭，超级香。护士小姐说了好长一段，满脸抱歉。我勉强听懂个大概，说因为核辐射的原因，这些天都不会有鱼，蔬菜也非常紧张。我说没关系，有肉就行了，这是真心话。

七点三十分，护士小姐来把餐具收走，然后一直到十点，并没有其他人来。十一点、十二点、一点，我心里的笃定慢慢消失，电脑里的那些照片早已翻来覆去地看了许多遍，再看下去，怕是要看出幻觉来了。

好吧，睡觉，作好半夜三更被吵起来的准备吧。

我在夜里突然醒了一次，但并没有人站在床头。我有种预感，他不会来了。今夜不会来，明天不会来，后天也未必会来。事情已经变得和我料想的不同。一定发生了什么，就在从他发出那封邀请邮件到我下飞机的这三天里。

次日早八点三十分，陈果的车准时停在门口。

“去哪里？”她问我。

“当然是仙台。”我说。国内媒体对日本的灾后报道，在地域上有两个中心，一是福岛核电站，二就是宫城县仙台市。前者是因为核事故，后者则是地震海啸的重灾区。其实来到这里，我更想采访其他重灾区，仙台的报道已经足够多了。无论如何，仙台这个点总是要先踩过的。

深入灾区采访，所见所闻所感实在太多。人之真性情，在这样的剧变撞击中最能体现，而日本的民族性就活生生地在我眼前展开：那种克制与坚忍，还有让一个中国人心中百味杂陈的纪律性，这让这个民族在面对如此巨大的灾难时，近乎是沉默的，复杂而混浊的沉默。

这是一个研究日本的最好时机，但我没有过多地深入其中，大多数采访对象是在仙台留学或打工的中国留学生、研修生。我写的是新闻，对象是中国民众，对国内老百姓来说，日本伤亡有多惨，只要知道一个数字和几个形容词就行，再多附送几张照片，就足够满意了。可是在日本的华人是否安全，需要怎样的帮助，经历了怎样的悲欢离合，因为同一条血脉的缘故，不管做多大的版面，都会认认真真地看进去的。

关于采访的故事，要全写出来，几万字都不嫌多。但这些终究和这篇手记无关，我便长话短说了。这一天我从早到晚，嗓子已干到发哑，走访了两个灾民安置点：一所大学和一条华人聚集的中华街。陈果依旧话不多，但翻译做得很尽职，也没有半点儿抱怨叫苦的神情流露，她简直像个铁面人。

中华街上该有许多许多的故事，但因为时间关系，我只是草草过了一遍，心里决定，今后几天，这条街会是我的主攻方向。

去的大学不是东北大学，而是宫城教育大学，一样有许多中国留学生。因为陈果不想让她的同学知道自己在外面打工挣钱。她没说原因，我也没问。虽说没去鲁迅读过医的东北大学采访稍有可惜，但那儿也不算必去之地，我故意表现得非常遗憾，希望陈果能领我的情，使接下来的日子彼此更融洽些。这个刻板寡语的女孩，真是不怎么好相处啊。

回到友和又是晚饭时间了，谢过陈果一天翻译兼司机的劳顿，约了第二天老时间出发。

“对了，你的费用，也是中日交流协会支付吗？”陈果临走的时候，我问了一句。

“对啊，他们付了一周的费用。”

“没耽误你上课吧？”

“正停课呢，今天我们去宫教大的时候，你不也看见了吗？在仙台的大学都得停一阵子吧。”

这话听得我心里一阵别扭。

晚饭后，我还想着中日交流协会的事，当然不是担心一周后陈果的费用是否要由我来支付，而是犹豫着，如果梁应物迟迟不出现，我要不要顺着协会这条线，去把他找出来。

尽管数额不大，但中日交流协会怎么会出这份冤枉钱？源头还是X机构。协会里是谁联系的陈果，而又是谁交派下这份任务，虽然X机构有的是办法在某个环节卡死我的调查，但总比什么都干不了等着强。

好在现在还不算是干等着，我决定先把主要采访作完，这是我的本职工作，踏踏实实采访个两三天，稿子就有谱了。到那时，如果还没有梁应物的消息，我就自己查查看。

决定作出后，我就安心开始整理今天的采访收获。我不急着当天把稿子写出来发回去，因为已经过了第一新闻时间，报社给我的指示是要写一组深度报道，要特别关注核辐射，稿子可以酝酿几天，关键是要写深写透。哈，都是套话。

然而，随着我重看今天的采访笔记，重听今天的采访录音，调出相机里的一组组照片，一条被我忽略的线索渐渐清晰起来。

这一觉睡得无比香甜，我没有半夜惊醒，因为知道梁应物绝不会出现。这没有关系，因为我已知道该怎么找到他。

早晨，坐进陈果的车里，她问我今天是否还去仙台市。

我想了想，回答："今天会有些变化，陈果。"

"那去看看沉默之地？"她问。

我那句明显装B的话之后，本该跟着后文，但沉默之地，那是什么？

陈果笑笑，说："到了地方你就知道了，总之绝不至于浪费你的时间。"

虽然外人常常会对新闻从业者的工作发生误判，但陈果的性格，没有一定的把握是不会这么说的。

"远吗？"我问。

"就在南相马市。"

我住的地方是相马市，南相马市顾名思义，就在相马市的南边。我知道那儿受灾要比相马市严重，和仙台市相仿佛，最关键的是，南相马市有一部分在三十公里核辐射区里。哦对了，现在日本政府已经把最初二十公里的核辐射人员撤离区扩大到了三十公里。就在今天早上，日本政府把福岛核事故级别从四级调高到了五级。

陈果是个行动派，见我不置可否，就驱车上路。我其实有点儿想问她那地方在不在三十公里圈内，但她一个女孩子都无所谓地开车载我去，我这个记者可拉不下脸来问。

不过听她刚才的口气，"沉默之地"还不止一处呢，现在去的，只是最近的。

一路上，车里放的音乐竟是演歌，就算是作为日本人，这也有点儿太老派了吧。

但这抑扬的调子是催魂的，有一种糅杂了悲凉和振奋的感慨。正是樱花时节，车转上了一条两边是樱花树的路。倒下的树已经被清理过，连带着原本没人会动的云絮般铺展开的落樱也被清理过了，新落下的又有许多被踩踏辗压的痕迹，展现在面前的，是滚落在泥浆中的美。

这般景象前两天也曾入眼，但未觉得如何，今天的演歌带起了这片土地特有的气质，再看路边的残樱，就有一番滋味上心头。一路上，我们彼此没有说话，竟不觉得尴尬，所有的空白已经被填满了。

看见海了。蓝色的平静的海，海啸时的混浊狂暴早已沉淀下去，剩下星星点点的漂浮物缀在海面上。

这是一条直通向海的长街，一眼看去，街的尽头仿佛就是海边。如果是平常时节，这样的街一定美极了，让人愿意在这里住上好一阵，每天沿街慢慢踱到海边去。但现在，这长街上没有一个人，两边的店面也紧闭着。我觉得不管是店里还是其他建筑，都是没有人住着的，发散着一股空寂的死气。

长街的路面上有许多裂隙，车在行驶中一震一震地，不多久，就在一家超市前停下了。

“前面的路我们走过去吧。这路不太好开了。”

“这儿的人呢，都撤离了？”我问，“难道这已经是三十公里的辐射区了？”

“这儿还是安全区，不在三十公里圈内。而且说是三十公里内的人最好撤离，但撤到哪里去呢？没那么多安置点。南相马市撤离区的人只是被告诫要待在室内。这样一来，整座城市就都没人气了。”

“怪不得呢。”

陈果摇摇头：“这条街上的人的确都离开了。但辐射并不是主要原因。”

“哦，那他们为什么要离开？”我奇怪地问。

“因为这条街，这一片街区，已经死了。”

我听不懂，陈果也不解释，向前走去。我想，答案就在前面吧。

这条街是有坡度的，离海越近，地势越低。这儿地上的裂缝比一路上经过的其他地方要多得多，没走几步就有一道。

脚下又是一道大裂缝，足有一巴掌宽，把十几米的路面截成两段，甚至两边的地面有了明显的高低。

可是高低也相差太大，足有半米，想起来，先前经过的一些地裂好像也有高度上的落差，只是没有这道这么厉害。我忽然意识到了什么，回头望了眼来路，又看看前方这条直通海的长街，不禁倒抽了一口凉气。

这哪里是一条有坡度的路啊，这是陆沉！大片的陆沉！

前方海面上根本不是什么漂浮物，那是沉到海里却还没有倒塌的房子露出来的房顶。

原来陈果说的不是“沉默之地”，而是“沉没之地”！

是一大片在大地震中，隆隆地坍塌进大海的陆地。

曾经熟悉的街道，经常路过的店铺，如今已沉入海中，即便自己家的屋子没有被淹没，也很难继续在这条街道上住下去了吧。就是因为这样的心情，这儿的人们才全部搬离的吧。短短的人生，已见到了沧海桑田的变化。而这般变化，竟是如此残酷。

我眺望前方海面，估算不出到底有多少陆地沉入海中，问陈果道：“这么看起来，沉进海里的得有好几平方公里吧。”

“何止几平方公里，何况不光我们眼前的，整个日本，因为这次地震减少的国土，恐怕共有上千平方公里呢！”

我一时无言。

“不过其他下沉的地方，情况都没有这里惨烈。听说当时这里因为陆沉，第一波强震后地面还在持续晃动，给逃离者制造了很大的困难，许多人就一直躲在家里。所以随后海啸来临时，很少有人能逃出来，都被卷走了。”

我们继续向前走，见到路边停了辆白色的马自达，难道这儿还有别人？

我和陈果不约而同地再次打量前方那片新形成的海岸线，这不像沙滩，有没有人一眼可知，越靠近海的街道，越残破不堪，那是大海啸退去后的痕迹。

“在那儿。”陈果眼尖，手一指。

我顺着望去，的确有人。那人站在一间房顶被海啸掀掉的破落屋子的门柱旁，面朝大海，背对着我们，仿佛在出神地凝望。其实，他已经在海中了。尽管站在那户人家门口高处的台阶上，但一波波的海水还是会时不时地漫过他的鞋面。

我和陈果快步向前，那人完全没有发觉我们的行动，眺望了一会儿，走下台阶，回到沉没的街上。这时海水已经淹到了他的腿肚子，但他竟没有往回走，而是继续向前移动。

这时我们已经离他不足二十米，我走得快些，离他十五六米的样子，鞋早被海水湿了。见他往海里走，急忙冲过去，半吊子日语这时全都忘记了，只顾用中文喊：“嗨，停下，停下。”

蹚着水跑不快，更不防前方脚下的路面又往下陷了一截，一脚踩空，用错力道，摔了下去。

这一下摔得我满嘴发苦，风衣毛衣秋裤全都湿透，冰冷刺骨。等我爬起来，前面那人也停下了脚步，回头先看了眼急步小跑着的陈果，又看看狼狈的我。

我们四目交接，彼此都是一愣。

竟然是飞机上那个似曾相识的男人。

他摇了摇头，把头转回去，看着前方沉没的街道。我犹豫着要不要走近打个招呼，我想自己是白担心了，哪儿有人专程从中国坐飞机来日本自杀的。这时他转回身，向我走来。他并没有看着我，脸上的表情是掩不住的忧愁。我心里不禁又嘀咕起来，难不成他还真是想不通，要在异域寻死吗？

经过我的时候，他并未停下，我听见他嘴里自言自语。

“她会没事的。”他念叨着，“她会没事的。”

我瞧着他与陈果擦身而过，回到马自达里，掉头离去。

也许他有重要的亲人、朋友，住在这条沉没的街道上？

这儿的陆地都被震进了海里，强度可想而知，必然更胜过其他地方，也不知道他惦记的那人，有没有逃出来。

这勉强可算他乡偶遇吗？可我一点儿都高兴不起来。

我拍了些照片，陈果站在海水淹不到的地方瞧着我。

总得再来一次的。得借个能在水下拍照的相机，如果能借到潜水服的话就更好了，那样我就能往前，一直到被淹没城市的尽头去看一看。

其实这一次还有些“采访”可做，我现在所站的地方，路两边的房子大多没有锁上门，进去转一圈，就会有许多可以写进稿子中的细节，也肯定能拍出好的照片。就比如现在国内网上狂转的那张海啸过后小学里停止走动的挂钟照片。

可我就是没有采访的兴致了，打算把这一切都留到下一次到来时再做。刚才那人的举动就像个触媒，我的心里也开始郁结起来，胸中块垒堵得难受，直想找个出口发泄。

陈果见我很快就走回来了，问：“看好了？”

“总还得再来一次。”我说。

“哦，那就是没浪费你的时间喽。”

“嗯，但是，我今天有更重要的事情。”

陈果有些意外，看着我。

“我要找梁应物。”

“什么？”

“我要找梁应物。”我看着她满脸的迷茫神情，心里有一种揭破秘密的爽快，说，“别再告诉我你不知道他，他是你的头儿吗，X 小姐？”

陈果依然一副不知道我在说什么的表情，这表情她保持了很长时间。

“就你的一贯表现而言，现在你的表情太强烈了，这很做作。”我说。

她慢慢地，慢慢地，收起了迷惑的神情。

第二章 消　失

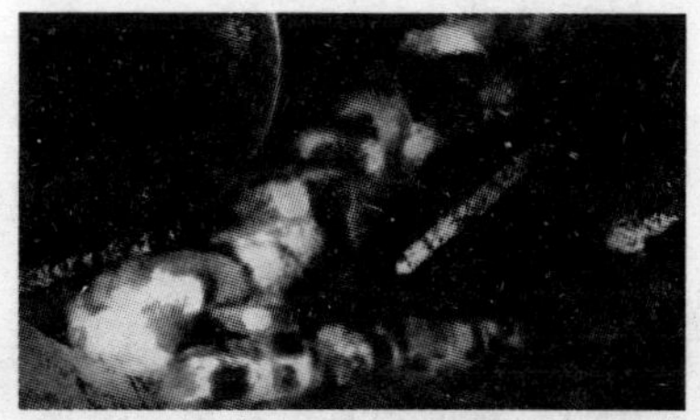

我和他曾经无话不谈，哪怕他这么一个严守规矩纪律的人，有时也会说些不该说的话，透露些绝密的内情给我。

这是因为信任。

看来，这份信任已经不复存在了。

三五摄氏度的天气，海风冰冷，把我一身的湿气往骨髓里吹，刚才在动还不觉得，一停下来，仿佛要被冻住了。

我尽量让自己不要发抖，盯着陈果，试图用气势压迫她说出实话。

对峙并没有持续多久。

“回车里吹暖气吧，这样你非感冒不可。”陈果说。

“我以为你没那么容易承认。”我说。实际上，我是想用这句话进一步钉死她。

不过，她显得并不在意。

“那有什么意义呢，原本就有太多漏洞。只要你有了怀疑，就终会识破。”她说。我却从她的语气中听到了一丝不甘。

“被我识破算失职吗？”我问。

她没有回答。我们回到车里，她把暖气开到最大。我脱了上衣，她在车里有件外套，当然我穿不下，只能披着。下身也湿了，但这就不方便脱了。

“回你的住处？”

“好。”

我以为她会在回程保持沉默，然后在精神病院的病房里和我正式谈话。但揭破了身份后，陈果像是不必再负担原本厚厚的外壳，较之从前活跃了一些。刚发动了车子，她就开口说话了。

“没有资源支持，一天的准备时间，原本就觉得可能会瞒不住。”

我没接话，等她解释。

她没解释，仿佛先前那句是忍不住的抱怨一样，却问我：“尽管破绽很多，但还是想问，你是怎么看出来的。昨天我哪里做得有问题？”

我笑了笑，这时的她，才比较像这个年纪的女孩子。

“破绽到处都是。”

我说出这句话，果然见到她的嘴角牵了牵。

“哈，开个玩笑。直到昨天傍晚我和你分手时，都没发觉有什么不对。”

陈果瞪大了眼睛看着我。

“确切地说，昨天你最后对我说的话，让我感觉稍有些别扭。”

“是关于中日交流协会支付我报酬的事？”

“不，是说仙台的大学都在停课。虽说有些别扭，但我也没往深处想。一直到晚上，我整理全天的采访资料，又看了一遍我在宫教大的采访，才觉得不对。一个正常的外国留学生，就该像我在宫教大采访到的那样，在遭遇大灾之后，心情惶恐不愿独处，希望和大家在一起。我想东北大学的学生也该一样，这是人的正常反应。所以，怎么会有一个女留学生，会在地震之后没几天，就有心思打工，接了中日交流协会的翻译工作，跑到校外来接待我呢？”

陈果耸耸肩。

“就像你说的，有了怀疑，许多事情就很难藏住了。我是X机构请来的，如果我处在X机构的位置上，就算有什么原因，不想见我，也必然会找人盯着我的。否则我迟迟见不到梁应物，指不定会给X机构惹点儿什么麻烦出来，毕竟在这方土地上，X机构和我都是客。所以在我的周围，必然有X机构的眼线。这么一想，你的存在就太可疑了。而且你不愿意我去东北大学，也有了另一种更合理的解释。”

“意料之中的事情。”陈果说，“我知道你以往的很多事情，我本以为你会更早识破呢。”

她看着我，脸上一副“不过如此”的表情，却没有意识到，这话已经和她先前说的矛盾了。

我笑笑不说话，典型的小女子的应激反应。这么情绪化，远不如梁应物的老谋深算。别看她前两天一张死人脸，现在一被识破，心里可不忿着呢，也许刚进X机构没多久吧。我只是心里想想，没把这话说出来，达到目的就行，她怎么舒服就怎么说吧。

“就在我接机前二十四小时，我的任务还是你一来就接你和梁主任见面。”

梁主任？就是梁应物吧，他现在算是什么部门的主任？

陈果接着说：“那么短的时间里，要伪造一个能瞒过你的身份，还没有任何机构的支援，还是在日本，这也太有点儿看得起我了。即便你不去东北大学调查，只要顺着中日交流协会这条线查下去，没几步就会发现问题。估计梁主任心里也有数的。”

说到最后一句时，她脸上的表情却有点儿不自信。

看起来，梁应物在她心里威信很高啊。多半他平时在机构里都是冷着一张脸，根本不笑的。陈果的死人脸，不会是和梁应物学的吧。

“硬伤是没办法的事情，但老实说你表现得倒是挺好，身上没什么破绽，否则我也不会这么晚才发觉不对呀。”

“真的？”陈果一扬眉。

我点头。

真个屁，只是给个甜头让这女孩子舒服点儿。她这个少言寡语没表情的人，说不上什么表现不表现的。而且说起来，一个会外接翻译工作的人，表现得如此冷淡内向，反倒是不太正常的。

我看她心情明显好起来，就问："这么说，就在我来的前一天，发生了些事情？"

陈果点头。

我等着她继续，她却一直没再吭声。

"发生了什么？"我只好问。

"我承认发生了些事情，是因为从逻辑上这是再明显不过的事，我从来不做没意义的事，但这不等于我会告诉你内情。现在你已经发现了我的身份，我需要先向上面汇报。"

"那你能带我去见梁应物吗？"

"我需要先汇报。"

"我看过一组照片，你知道我说的是什么，那是什么时候拍的？"

"我需要先汇报。"

"是变异生物吗？"

陈果看了我一眼，没说话。

我叹了口气："你是个合格的X机构成员。"

这次，陈果明显地笑了笑："我还不算是正式成员。"

"哦，所以其实你不知道我说的变异生物照片是什么。"

"我怎么会不知道！冷库那张还是我拍的呢！我……"她忽然醒觉，住口不再往下说。

"对你还真是不能有一刻不小心呀，看来传闻还是有几分真实。但你别想从我这里套到什么消息。"

"起码我现在能确认，那照片里的的确是变异生物。"我悠然说道。

"连我们都还不能确认的事情，你能确认什么？"

她见我冲她笑，意识到终于还是被套了一句出去，于是瘪着嘴巴，任我再说什么，都不再开口了。

她把我扔在友和门口，就扬长而去，不似前几次会把我送到楼前。我的上衣还没有干，但也只能将湿的穿上，整个人看上去狼狈极了。一路小跑着进去，还撞见了山下。他关切地问长问短，说了一大堆，我也没心思让他慢慢说好叫我听懂，连声说“没关系的、没关系的”，就闪回了自己房间里。穿过大厅的时候，那些病人都对我行注目礼，仿佛我才是病人一样。

洗了个烫烫的热水澡，换了身干净衣服，吃过午饭，我捧着肚子往床上一倒，很快便沉沉睡去。

我是被敲门声吵醒的，看看手机上的时间，已是下午三点十五分。

“稍等。”我说着爬起来穿衣服，心里想，我和陈果分开还不到四小时，如果敲门的是她，算上午饭时间和反应时间，X 机构在日本的驻地应该距离这里不足一小时车程。前提是陈果不是用电话汇报的，我直觉不是，尤其现在灾区还处于电话不畅的状态。

我站在门前，捋了把头发，把门打开。

站在门口的是个穿着藏青色棉夹克的瘦削男人。

“哈。”我说。

他抿了抿嘴，用眼神示意我让开，放他进来。

“我以为会在下飞机的时候看见你。”我回到床沿坐下，这房间里就写字台前有一张椅子。

“后来我又以为大概不会看见你了。”我说。

梁应物反手把门关上，拉开椅子坐在我对面。

“咳。”他清了清喉咙，“我……”

“我知道你有苦衷，梁主任。”我抢白他，毫不掩饰自己的不满，“我知道你们是有纪律的，就连你的头衔也是密级的，或许是绝密级？所以你一封邮件把我叫来，想不见我就不见我，想派个人监视着我就监视着我。还是你想玩一次侦探游戏，看我能不能看穿那个小姑娘的身份？”

“的确。”他说。

我顿时一口气闷住。我说了一堆指责他的话，按常理他该低声下气解释一大通，然后我不接受，他再解释，如是者数次，直到我勉强原谅他。现在他给我来了两个字“的确”，的确头衔是绝密级的，的确想不见我就不见我，还是的确想和我玩一次侦探游戏？

有种人一句话就可以把你气得半死，可梁应物只需要两个字。

我坐在床沿上呼呼直喘气，梁应物这才耸耸肩，说：“抱歉，老朋友。”

他要是进门这样说，等着他的将是被骂到狗血喷头。但是他先用“的确”把我的话憋回去，再道歉，使我错过了发作的时间，一拳打到空处，再想重振旗鼓地开骂，就没那么顺当了。这也是说话的艺术啊，但太暴力了吧。

“好吧，我听你的解释。”我说。

出乎我的意料，梁应物竟在这个时候又沉吟起来。

许久，他才开口说：“或许，你把这次日本之行当成一次纯粹的采访也不错。有这样的机会，对你们报社来说也是件不错的事。不用出机票，有人安排住宿和翻译。”他笑了笑。

“你不方便说话吗？”我忍不住问。梁应物的态度太反常，我和他是那么多年的朋友，他却和我打官腔。我忍不住怀疑他身上是否带着监听设备，使他不能随意说话。

他摇了摇头，再次说抱歉：“抱歉，但目前，真的也只能这样了。情况和我发邮件给你时，有了很大不同。”

原本，就单说来日本采访地震海啸，作为一名记者，当然是非常难得的机会，能来一遭，还有什么不满足的。可要么不给我看到那组照片，看到之后，现在却要我当做没看到，当做一场正常的采访，还真是……百爪挠心啊。

“到底发生了什么事，和你发给我看的照片有关吗？”

梁应物沉默了。

“怎么你这次来，就是打算和我说一句报歉就离开吗？如果是这样的话，那你现在就可以走了。”这次我是真火了。

梁应物还是不说话。我站起来走到门口，拉开门，做了个请他出去的手势。我和他这么多年的交情，他现在却如此态度，这是我根本想不到的，想不到，自然无法接受。我当然知道他必然有苦衷，但有苦衷可以明说，可以暗示，作为朋友我会谅解，可现在算怎么回事？

火归火，我这番作态也是半真半假。十几年的交情，几番出生入死的共同冒险，我就不信他真能顺着我开的门走出去。

果然，梁应物并没有站起来，而是叹了口气。

我把门关上，说：“你要是再不说话，不用你自己走，我会把你扔出去。”

“那个照片，已经不重要了。”他说。

“哦？你们有了根本性的突破，不需要我这个臭皮匠来出馊主意了？”

梁应物苦笑一声，说：“照片里的东西，已经没有了。”

我一愣。

“你看见的那些不明生物，现在都失踪了。不管是冷库里的那一批，还是实验室里的，都没有了。请你来，本来是想一起研究这些生物的来历。现在东西都没了，当然……”他摊了摊手。

“失踪，怎么个失踪法，是活过来了自己跑掉了？这失踪有迹可循吗？”

“应该不是活过来，是被……偷走的。更详细的我也不方便多说，总之，如果找回来的话，还是会来请你帮忙的。”

“怎么，你们的实验室是连着冷库的吗？”我问。如果两处地方不在一起，存放的不明生物却一起失踪，这可就蹊跷了。

梁应物摇摇头：“分开的。”

我好奇心大盛，再追问，他却不肯多说什么了。

梁应物说完这些，就告辞离开。我没有挽留，就让他这么匆匆离去。他没说X机构这次在日本到底是进行什么研究的，是否和那些正蜂拥而来的各国科研小组目的相同，甚至没说自己住在哪里，没说联系方式，更没说什么时候会再见我。

他不说，我不问。不问并非体谅他不方便，而是聊到后来，最初的惊愕过去，头脑中的逻辑思维开始发挥作用，一些脉络疏理清楚，心就慢慢凉了。

他还是没说实话。

他原本真的是要请我来研究照片上生物的来历？梁应物啊梁应物，你真觉得这话能把我骗过去？我多少还是有些自知之明，明白自己有几斤几两重。我不是生物学家，这些生物我之前也从未见过，我能研究出什么来历？我的长处在于发散的思维，敢想，能提供一些系统外的角度，再加上些说不清道不明的运气（随着年纪越大，我越发相信这点，没有运气，我绝对活不到今天），以及多年来结交的各种奇怪的朋友。这些长处，都不足以入X机构的法眼。率领X机构专业团队赴日的梁应物最初会想到请我来，必然有其他理由。

因为不明生物突然失踪，所以不再需要我的帮助了。这看似正当，但一切果真如此简单的话，他为什么不在我一下飞机的时候就直接告诉我，反要避而不见，直到我识破之后，才跑过来讲这一番说辞。他到底在避讳什么？

不管他在避讳什么，我都极其失望。

我知道在这世间什么都会变，人也会变，但我还是没想到，梁应物竟也有一天会变得陌生起来。

我和他曾经无话不谈，哪怕他这么一个严守规矩纪律的人，有时也会说些不该说的话，透露些绝密的内情给我。

这是因为信任。

看来，这份信任已经不再了。

在此之前，如果有人问我，哪一份友情最有可能保持终生，我首先会想到他。

一时间，我有些心灰意冷。什么不明生物，什么突然失踪，嘿，我的好奇心在这一刻都失去了。

也罢，这一遭来日本，我就安心做好记者的本职工作，写几篇好稿子吧。

梁应物走后，我在房间里待得气闷，便去找山下，他很热情地接受了我的采访。我的日语水平不足以支撑这样的采访，但他在医院里找了个翻译，就是那个曾对我说了声“你好”的络腮胡。看来他的确是个康复了的病人，言谈举止看不出什么异常，只是内向些。山下介绍了他的名字，我只听清他姓林。

我对山下的采访，主要是关于大灾难后民众的心理创伤。比如多少比例的人会产生精神问题，这些问题体现在哪些方面，创伤有多严重，需要多长时间才能平复等。

山下也是个务实的人，这两天他竟然数次走访了难民安置点，充当义务的心理咨询师。他对我说了几个灾后心理的典型案例，并且告诉我，现在灾难才刚刚过去，而且余震依然不断，还可以说是在灾难中。通常灾民的心理创伤，会在灾后几个月到几年间逐渐体现出来。而平复这些创伤，则可能需要一代人。同时他也不讳言，不久之后，友和肯定会多出许多病人来。

作完对山下的采访，我特意谢过了林先生的翻译。他微笑着点点头，和山下示意后先我一步离开。我走出山下的办公室后，发现他在走廊上等着我。

他显然是有事，见我出来又犹豫不决。我便主动问他有什么事。

“请问，您是记者？”他再次向我确认。其实山下早已当面介绍过我。

“是的。”

“能不能麻烦你一件事情？”

我当然说好。他没有直说是什么事，问了我的房间号，说晚饭后再来打扰我。我的“楼友”基本上不会有太过强制的作息，他们现在大概可看做有些古怪脾气的正常人了。

八点的时候，这位林先生敲门而入，带来了一小沓打印件。他说这是他写的小说开头，想找个人看看。我猜，记者大概是他所能接触到的最接近文学的人了吧。

小说是用中文写的，我答应他会看，他显得很高兴，告辞离开。

小说的名字叫《新世界》，我顺便看清楚了他的名字：林贤民。

我扫了一眼小说的开头，文字并不好，写的不是人类也不是这个世界，像是部科幻小说。我并没什么兴趣，心里甚至闪过“这是精神病人的妄想世界”之类的念头，扔下小说稿去写新闻了。

次日早餐的时候，送餐的护士转告我，陈果的车已经到了，就停在院门处。

我吃了饭，出门走到她的车边，她摇下窗和我打招呼。

“今天去哪里？”她笑笑问。

我便开门上了车。

“去仙台。”有免费的车和翻译，我犯不着赌气不要。

“仙台？”她问。

“怎么？”

陈果笑笑，没有解释，发动了汽车。

一路上，陈果的话多了许多，却绝口不提梁应物和X机构在日本的事，净问一些我从前的冒险经历。比如年，比如两座不同的曹操墓。

我随口回答，在一些关键的地方故意说得不清不楚，看着她一副心痒的模样，心里略舒服些，算是小小的恶作剧吧。

到了仙台，本该直奔中华街采访，陈果却绕到了一处广场灾民点。我前次采访的灾民点都还算安宁，其中的灾民看起来比较平静，没人哭天抢地。但眼前这个广场上却人声鼎沸。

“要不要去看看？”陈果问。

她显然知道这儿正在发生什么，才特意带我过来。

我跳下车，和她一起走进去，顺嘴问："这儿是怎么了？"

"红十字会的慰问团，和你同一架飞机来的。"她冲我一笑。

不知是否是错觉，我觉得她的笑容里别有含义。

红十字会当然是带着捐款来的，除此之外，这还是个演出团。而且并不是整台演出的形式，反倒像学园祭。在广场上临时房子间的一块块空地上，同时有不同的表演，有人唱歌，有人跳舞，有人耍杂技，有人演魔术。

我看见那个演魔术的人时，明白了陈果笑容的含义。

那个魔术师，就是昨天在沉没之地遇到的男人。

"没想到，出了国门，你们还照样神通广大啊。"我不禁感慨了一句。

"这倒真是看得起我了。就昨天瞧了那么一眼，又没有交集，无缘无故也不可能专门去查呀。是凑巧看到了慰问团的成员资料。"陈果说。

我释然，否则X机构的力量也太过可怖。但国内来一个慈善慰问团，团员资料陈果都会看见，X机构的手已经够长的了。

既然陈果都看过资料了，我就问道："那这个人是什么来历？"

"你这不看见了吗？魔术师呀。"

这位魔术师名叫全奉诚，据说在国内魔术界是相当有名的一个人物，有一些独门的魔术。所谓独门，就是说这魔术是他自己发明出来的，从未被其他魔术师破解奥妙，所以只有他一个人能表演出来。

我听了陈果的简单介绍，还是没有想起自己曾在什么场合碰到过他，反倒更加疑惑了。因为全这个姓很少见，如果见过，该不会忘记。

全奉诚此时正在表演的，正是他独有的一个魔术。这个魔术的道具是个不到一尺长的空心金属筒。这金属筒呈亮银色，筒壁很薄，看不出有机关的痕迹。他先把这个筒穿在手臂上，又取下，如此两次，并再次展示给观众，以示筒没有作假。然后魔术正式开始，他把筒又套到左臂上，这一次动作很慢，一点一点地把拳头伸进筒里，然后是手腕、小臂。

这时候，观众的惊呼声起来了。

因为这次，直到他把金属筒穿到手肘，拳头都没从金属筒的另一头伸出来。这金属筒仿佛成了个吞食手臂的黑洞。

如果说这时还有人怀疑，魔术师是用了某种柔术，把手弯折在金属筒里的话，等全奉诚把筒继续上移，一直移到肩膀的时候，所有人都吃惊地张大了嘴巴，包括陈果和我。

这时，全奉诚看起来就像个截肢的残废！

他甚至平举着这只手，三百六十度转了一圈，让每个人都能从筒口看见里面的样子。

那里面有红有白，竟像是血肉骨骼的横截面。

然后全奉诚又慢慢把金属筒褪下，所有人看着他的手神奇地从筒里“拔”出来，五指灵活地屈伸了几次，叹为观止之下，都报以热烈的掌声。

“你知道吗？”陈果一边鼓掌一边对我说，“资料上说，他这一系列断肢的魔术里，最厉害的一种是断头术。有一次他表演断头术，肩膀上空空如也，从舞台这头走到那一头，没人看出他是怎么做到的。他还装作没有头看不清楚，假摔了一下，全场轰动啊。”

“连你们X机构都搞不清他是怎么做到的吗？”

陈果失笑：“他这是魔术，又不是特异能力，不在X机构的研究范围之内。”说到这里，她又自言自语，“不过说起来，这魔术这么神奇，该不会真是……”

我本来只是随口一问，陈果这么一说，我突然想起来自己是在什么时候，什么场合见过全奉诚了。

在非人聚会上！

非人，他们往往也喜欢自称为飞翔者。他们并不是真的会飞——也许他们中的某些人可以，这是一种比喻，因为他们已经超越出正常人之上，因为各种各样的原因，在生物进化的道路上先行了一步。历史上，这样的人曾经被称为异端烧死在火刑柱上，曾经作为部落的巫师呼风唤雨，曾经组成秘密的教派或家族流传自己的血脉，他们是这世界的另一面。

飞翔者们大多特立独行，因为与普通人的巨大不同，使他们很难有太多普通人的朋友。飞翔者只与飞翔者为伍，这句话稍嫌夸张，但大致如此。我有一些非人朋友，多少是因为这些年在地下圈子里累积下的薄名，让他们把我看做是半个非人。

非人聚会，就是这些或开发出了自身潜能，或产生了基因变异的飞翔者们的聚会。在亚洲，有一个三年一度的大型非人聚会，我有幸见识过一次。

时间要追溯到七年之前，二〇〇四年六月，地点是尼泊尔境内原始森林中的一座无名山上。

那是让我记忆最深刻的冒险之一，我差点儿在森林里杀了自己。巧的是，来的路上，陈果就问过我那次冒险的事情。她始终搞不明白，为什么曹操墓会出现在上海，要知道上海这片土地在三国时期还没有被冲击出来，在一片几百年后才出现的土地上预先建立了墓地，这在逻辑上全然不通。更何况后来在安阳又发现了一座曹操墓。我只能回答她这是历史的A面和B面，她再追问时，我不愿深入下去了，只告诉她，可以去看看霍金新写的《大设计》。

关于那次涉及曹操墓的种种经历，我都已经记录在另一卷名为《幽灵旗》的手记中，其中的细节不再赘述。

当时我之所以能活下来，全赖我跋山涉水，冲到了三年一度的亚洲非人聚会上，找到了一位能破解心理暗示的流着古夏侯家族血脉的神秘女子夏侯婴。

当我到达举办非人聚会的那片世外桃源时，已经是聚会的最后一天了。严格来说，我真正打过交道的只有三个人，一是迎接我的管家模样的男子，一是我的朋友路云，一是夏侯婴。在前往路云居住的湖边别墅的路上，还是看见了一些人。我没有机会停下来和他们打招呼，只是出于好奇打量了几眼。这个全奉诚，我一定在那时看见过。

他是飞翔者！

我不知道他拥有怎样“非人”的能力，想必和他那无人能破解的魔术有关。

如此说来，我勉强算是和他有过一面之缘，根本谈不上认识，何况那一面已经过了七年。飞翔者多有古怪性格，在飞机上他虽然认出了我，但并未上前攀谈，说明他并不想和我有什么交集。所以此时我也不会特意去和他打招呼，就当是一段小插曲吧。断肢魔术虽然神奇，但我并不准备打听其中的奥秘，免得犯了这等奇人异士的忌讳。

我在其他几处歌舞表演的场子拍了照片，作了演出者和日本灾民的采访，就离开前往中华街。走的时候，我心里忽然生出几许感叹，换在十年前，如果看到这么一个可能有特殊能力的奇人，肯定是削尖了脑袋都要和他认识，如今知晓了世界之大，却生出明哲保身、多一事不如少一事的心了。

只是这世上，人的命运的确有其轨迹可循，不是我想躲就能躲掉的，所以佛家才有一饮一啄之说。我和全奉诚在飞机上遇见，就已经产生了交集，彼此赴日的目的相互缠绕，就算没有在海边和广场上的相遇，也还是会碰面的。这既可归于命运之说，其实在社会学范畴中，也能找到解释的脉络。

这都是事后的反思，当时我自然没有想那么多。

我的午饭是在中华街吃的。整个仙台的食物供应都很紧张，没几家饭馆有充足的食材。饭馆的四川老板知道我是特意来采访的国内记者，才给我做了个香肠蛋炒饭，非常好吃。

接下来的两天，我都泡在中华街，也免了陈果的陪同翻译，她只需当接送的司机就行。街上的每家店我都进去过，每个店主都打过招呼、聊过天，需要深入采访的对象，更是全家老小各个角度、各个层面都做足了功课。即便是让我现在就回上海，积累的素材也够写出十几个版面的报道了。

采访进展顺利，对这场灾难的体会也越来越深。老实说，现在灾区的状态，要比我刚来的时候更糟糕一些。每过一天，我都能感受到日本民众累积起的不安，这种不安正在逐渐显现。刚发生地震和海啸的时候，这个屡经灾难的民族显得训练有素，采访到的普通日本人都比较镇定，坚信一切都将很快好转，商店里的各种必需品也没出现抢购风潮。可是随后的核事故改变了一切，迄今为止，核泄漏的局势都没得到有效控制，核警戒区每过几天就扩大一次，当局反复强调让民众减少外出，商店里的货品日渐减少，并得不到补充。

我在中华街采访的第三天，街上几乎看不到不戴口罩的人了，恐慌在无声无息地蔓延。一些人告诉我，他们准备回国了。

“你说，我现在回去，会不会被隔离？”四川老板问我。

“只要身上的核放射指数不超标，应该不会吧。你这里离福岛那么远，不会超标的。”我说。

“可说不准。”四川老板叹了口气，指了指坐在角落的两个生面孔说，“我这两个侄儿下午刚从田村市逃过来，也想和我一起回去，他们是一准儿要被隔离的。”

田村市离核电站很近，大约二十公里。

核辐射区正是我下一步要采访的地方，我还想着，能不能让陈果想想办法，给弄套防辐射服来呢。

我正想着，得和这两个从辐射区来的人聊几句，四川老板已经大声对他们说：“这是上海过来的记者，你们两个要不要把你们的事情和记者说说？”

我走过去冲他们笑笑。随便聊聊，我说。

这两人你看看我，我看看你，然后，其中一个人慢慢弯下腰。

我不明白他要干什么，只见他慢慢把左腿的裤管卷起来，露出绑着纱布的受伤的小腿。

他弯着腰，侧过脑袋向我望了一眼，表情似哭似笑，然后，他把那块纱布掀起一角，露出下面的伤口……

一处非常可怕的伤，不是刀伤、抓伤或枪伤，伤口有少许溃烂，纱布掀起时有几缕黏液，下面是红黄色模糊的血肉。整个创面比铜钱还大了几圈，一大块肉不见了，像是用刀子剜掉的。这样的伤，即使以后长好了，也会在腿上留下明显的凹陷。

我打了个寒战，问：“这是怎么了？”

“河童。”说出这两个字后，他仿佛又回到了被咬的那一刻。我不知道他当时经历了怎样可怕的场景，只观察到他的瞳孔瞬间放大，又很快收缩，两腮的肉开始不正常地抖动，厚厚嘴唇上的血色淡了下去。

他用近乎喃喃自语的声音说：“我被河童咬了。”

第三章 河童

毫无疑问，我的行动是莽撞的，我有多少年没这么冲动过了，决然而不顾后果地去寻求一个答案。两个原因，首先我在异国他乡，语言不通，资源匮乏，孤立无援，一切只能靠自己；另一个原因，就是被梁应物给气的。你不让我介入，我就自己来，偏要弄出点儿动静来。

五点，陈果的车出现在中华街北口。

“今天采访顺利吗？”上车后，她如往常般问我。

“不错，遇见两个福建的研修生，从田村市逃过来的。”

“田村？那儿是重辐射区了。”陈果启动了车子，随口说道。

“是啊，其中一个还被河童咬伤了。”我一边扣保险带一边说，用再平常不过的语气。这样随意的说话态度最容易降低对方的戒心，一个不留神就会说漏嘴的。

“什么？”陈果像是没听清，毕竟“河童”不是个常用名词。

但这也是教科书式的标准反应，我心里想，装作听不清再问一次，可以给自己多点儿时间想应对方案。

“河童，日本传说里的妖怪。”

陈果失笑：“怎么可能？”

“好像这几天田村市附近开始有奇怪生物的传闻，看见的人认为那就是日本传说里的河童。那个人就是在河岸边被一个从水里蹿出来的东西咬了，吓得够呛，觉得自己撞到了河童。”

陈果发出不屑的嗤鼻声，说："哪儿有什么河童，估计也就是条大水蛇之类的东西。以讹传讹，都是自己吓自己。现在总有人抓到一个奇形怪状的东西就当宝给报纸爆料，其实只是自己的生物知识不够。哪来的那么多怪物啊。"

我笑笑。

"你觉得呢？"她问我，"你觉得有河童？"

"我啊，我的想法和你一样。"我说。

然后我们便不再谈这个话题。

"麻烦你了。"下车时我道谢。

"那明天还是老时间？"

"对。"我点头。

小姑娘还是太嫩，我目送着车离开，心里想。她先前的对答听起来自然流畅，但有的时候，破绽不在语气，不在神态，而在最基本的逻辑。她一开口，就错了。

这些话如果换一个人说，那没问题。但陈果是什么人，她是X机构的准成员，超乎寻常的人和事必然见识得多了，连"年"这种东西都的确存在，为什么河童的存在就绝不可能呢？起码不该在详细了解之前，就下这样的否定判断。以她的身份，在我说出关于河童的传闻之后，应该表现得非常好奇才合理。X机构为什么来日本，难道不就是为了变异生物吗？关于田村市河童的最合理解释，难道不正是因核辐射而产生的生物变异吗？

陈果明显回避的态度，反倒让我确信，河童之说并非空穴来风，并且X机构已经介入此事了。

那个咬出可怕伤口的不明生物，到底会是什么呢？

也许陈果现在正赶回中华街，想要找到那位伤者吧。

我又一次找到山下，结结巴巴地拜托他帮我借一辆助动车。他笑说那可是欧巴桑才骑的——这句话对我稍有点儿复杂，我是看他的表情加上“欧巴桑”这个词才领会的。然后他好像说，帮我借辆摩托车来。

其实我也许不该让他帮忙，我不清楚他和X机构的关系到底怎样，这件事情，我希望可以独自调查，不受陈果或梁应物的干扰。不过在这种时候，也只有求他了。难不成我去偷一辆？

饭后有人敲门，是林贤民。他问我觉得小说怎么样，要我多提意见。我很不好意思地说，这两天忙于采访写稿，还没来得及通读。结果他反倒一副很抱歉的样子，连说对不起太心急了，打扰了。他这样真诚地道歉让我颇窘，只好赶紧再客气回去。我忽然有些理解，为什么会有两个日本人面对着相互鞠躬了。

第二天早晨，我被手机闹铃叫醒——比前一天早一小时。给山下打电话，他果然已经到了办公室，说车已经准备好了，让我在楼前稍等，马上给我把车带来。他的语气有点儿古怪，我琢磨着其中的滋味，等瞧见他把车慢慢骑来，顿时就明白了。

他见了我的表情，把车停下给我鞠了一躬，说了一堆抱歉的话。

不是说给我搞辆摩托车的吗？结果眼前的这辆，连助动车都不算，这是电动助力车吧。山下解释半天，我才搞明白，原来昨天他答应下来，回去一想不对劲。依照日本相关法律，助动车和摩托车，不论排量大小，都是要驾驶许可的。我一个外国人，哪来的许可。

这样的事，放在中国，是可以睁一只眼闭一只眼混过去的小事情。但在日本，可没人会承担违法的风险，也不会鼓励客人去做这样的违法事情。这是民族性的不同，未必日本的严格就一定胜过中国的人情，但现在，我就得因此更辛苦点儿了。

临出发的时候，我请山下告诉四十分钟后会开车来接我的陈果，今天我自由行动，不需要她的车了，昨天临走时忘记对她说了，请他代我道个歉。

“那您今天会在哪儿呢，如果她问起来的话。”

“随便看看，附近随便看看。”我说。我觉得我的日语大有进步，果然硬着头皮讲是有用的，当然这也非常考验对话者的领悟能力。

我骑着电动自行车上路了。在国内很少见到这样的车，这种车会在低速时提供辅助电力，我骑得越快，辅助电力就越少，到每小时二十五公里以上，电池就不供电了，全靠人脚踩。所以这个车虽然带了个“电”字，但最高时速和普通自行车是一样的，只是骑起来轻松些而已。我今天的目的地是浪江町，如果我照着地图完全不骑错的话，也得三十多公里，一个多小时的车程。

浪江町在南相马市的西南方，田村市的东北方。我手上有一张在中华街买的福岛县地图，在浪江町的某处画了个圈，那儿就是四川老板侄子钱德成遇袭处。

我一路骑去，地图和实际路况符合程度极高，我想应该不会骑错路了。我一边骑一边想事情，先从脑子里钻出来的，竟不是钱德成所说的河童，而是《新世界》，就是刚刚重新回到正常人世界的林先生的大作。

昨晚林贤民问了一次，我不好意思再不去看，就在睡前看了几页书稿，然后便很快睡着了……

别扭的文字有很强的催眠效果，但内容却很有吸引力，透过曲折的文字仍放出极强的热力来。我想，如果是一位真正的科幻作家去写，应该会是很好的作品。我仿佛还做了个与此相关的梦，但具体的内容不记得了。

《新世界》中的世界，没有日月星辰，天空永远是斑斓的，无日夜之分。那斑斓有时平静，这世界便被一片绚烂包裹着；有时暴烈，天上那无数的色块就一胀一缩，仿佛许多只怪眼。而地上的人不是人，是有尾巴的蝌蚪，尾巴越长，蝌蚪就会越发的灵巧，能做更多的事情，等长到极致，就会断裂。等到那时，蝌蚪并不会变成蛙或其他什么，而是就此死去。所以，这世界的高等生灵，都是在生命最浓烈时死的。这世界的地也不是地，而是一团。这团似是液体，又似是气体，又似是另一种空间形态，不知多深。生灵从这团中发源，相传死去之后，会回归其中。

这是何等光怪陆离的世界啊，连我都不禁佩服起林贤民的想象力来。这是他从非常人的世界中回来时，所携来的财富吗？

那些怪异的蝌蚪形象在我的脑海中盘旋了一会儿，就慢慢地模糊变异，化为了另一个蠕动着的张牙舞爪的东西。那是笼在一团黑影中的生物，有半个人大小，牙尖爪利，四肢粗壮，浑身挂着泥浆和黏液。

这就是钱德成描绘的河童，他遇袭时是黑夜，当时又惊慌失措只顾逃窜，其描述和实情必然有些出入。无论如何，这和日本民间传说里的妖怪河童还是有挺大的不同。日本著名作家芥川龙之介就曾写过以《河童》为名的短篇小说，里面的河童如四五岁儿童般大小，面如虎，身披鳞，水陆两栖。而河童最著名的标志，就是头顶有盘状的凹陷，盘中水满则力大无穷，无水则法力消退。

所以我一听钱德成的描述，就不相信这真会是日本传说的河童，多半是一种特殊的生物。从他的伤口看，那生物咬合力极强，嘴张开能塞进少年的拳头，没有撕咬痕迹，仿佛一下就把肉咬掉，干净利落。这就有点儿可怕了，通常的肉食猛兽是做不到这点的。

钱德成是个快递员，出事那天，他从田村市送一份快递去浪江町。那是震后的第三天，核泄漏的严重性还没有充分暴露出来，快递社利用摩托车当交通工具，大多数地方都可抵达，收取的费用是平日的数倍，所以快递员们一方面把送货当成是救灾的一部分，一方面也乐得多挣些辛苦钱。收货的人家离核电站二十公里左右，似乎相当守旧，尽管政府已经建议撤离，却迟迟未动。钱德成猜测，送过去的货品也许就是些基础性的抗辐射药物。

东西送到后，返回途中忽逢一场这时节罕见的暴雨，恐怕是地震所造成的气候异象。钱德成停了摩托车，到一座石桥下避雨，不多久就遭遇了袭击。据他说，“河童”是从溪水中突然蹿出来的，当时已经是傍晚，因为下雨导致天色格外黑，而他又是躲在桥下，几个因素相加，让他压根儿就没看清楚“河童”的模样。

“河童”从水里出来时，几乎没有声响。他正在努力把一根受潮的烟点着，突然感到小腿上剧烈的疼痛，手下意识地往伤处格挡，触到了一个冰凉滑腻的活物。眼睛去看时，是一条咬在腿上的黑影。

我问过钱德成，会不会是某种肉食鱼。他摇头说坚决不可能，因为他看见了河童的四肢。两条后腿大概踞在岩石上，婴儿般的手则抱着他的腿。更多的细节他也说不出了，反正他拼命挣扎，尖叫嘶吼，几秒钟后那河童就带着从他腿上咬下的肉潜回溪水中去了。而他连滚带爬回到道路上，也不管雨大风急，骑上摩托车就跑。他还算有基本的急救知识，开了一阵摩托发觉不对，停下来撕了裤管把伤处扎起来，否则他会因为失血过多倒在半道上。

事后，钱德成联想到这几天听见的一些传闻。田村附近有好些人在河里或溪水里瞧见了快速掠过的黑影，都说是被大地震和海啸惊了的河童。于是，钱德成越发地肯定，咬了他一口的，必然是受惊而变得暴躁的河童。

我把电动自行车骑得飞快，电池差不多已经不出力了。我的背囊里有刀，但面对传说中的妖怪，或者，有恐怖口器的凶猛怪兽，这样的武器能发挥多大的作用呢？毫无疑问，我的行动是莽撞的，我有多少年没这么冲动过了，决然而不顾后果地去寻求一个答案。两个原因，首先我在异国他乡，语言不通，资源匮乏，孤立无援，一切只能靠自己；另一个原因，就是被梁应物气的。你不让我介入，我就自己来，偏要弄出点儿动静来。

日本的乡野是极漂亮的，这种美并未被地震破坏多少。樱花树很常见，在田野边，在溪流旁，云通常都是一朵一朵的，让我有种骑进了电影里的错觉。

我贴着南相马市的西面，一路向南，进入了浪江町。我骑的大多是小路，所以只遇过一次守着道口的自卫队队员，给他看了临时通行证，也就挥手放行了。

浪江町就是日本的农村了，空气里的味道很好闻，有山野的清新。我想，这里的辐射肯定已经超标了吧，这是隐藏着的凶恶。没办法，我一时借不到防护服，总不可能去向X机构求助吧。反正那么多次冒险之后，我只当自己这条命是捡回来的，在值得冒险的目标面前，些许辐射压根儿就不放在心上了。

路的右手边是农家，都是一幢幢青灰色的日式别墅，古意极浓。别墅的背后，就是稻田。左手边是野林子，能隐约看见一条小溪，溪水声不绝于耳。就是这条溪！

我顺着溪水向前骑，在一条岔路口拐上了一条更小的路。不多久，就见到一座石桥。当天钱德成要送货的人家，就在石桥后不远处。

我停了车，仔细打量眼前的桥。桥对面有一棵歪脖子樱花树，桥这头有可以走下去的天然石级，通到桥下的一方大青石。没错，细节都对上了，就是这座桥。

此时，我的心情有些期待，又有些沮丧。

期待自不必说，沮丧是因为，我心底里觉得，这次怕是要无功而返。

不管是河童还是神秘生物，都不可能固守一处，总有一定的活动范围，在钱德成遇袭的相同地点再次遭遇该生物，可能性实在不大。考虑到有河童传闻的地域差不多有方圆百多公里，我今天原本的打算，除了在现场考察之外，更重要的是靠多走访附近的人家，缩小搜寻范围。我昨晚做了许多功课，查了许久的日语字典，备了十几张字条，来应付今天的采访。可我竟忘记了一点——这里已在二十公里撤离圈内。

刚才一路骑来，我已有相当一段路没看见一个人、一辆车了。那些屋后的田野寂然一片，那些漂亮的屋子，里面想必已是空无一人。桥后那个顽固坚守着的一家，估计也不会坚持到现在都不撤走吧。那就不是顽固，而是脑子有病了。

大约只能指望包里的一块生肉和一块熟肉发挥作用了吧。说到这个，我虽然准备了，但真要用时，还是会惴惴不安。这是山野间，说不清会有什么，要是回头河童没引来，来的是其他食肉动物，那可真是……

我收敛了这些心思，总之来也来了，地方也找对了，先勘察一番吧。

我顺着桥基旁的大石，下到了“第一现场”。

这是一座单拱桥，宽约三米，长十米出头。桥洞下是清澈溪流，正是枯水期，水位下降，于是近岸就露了些河床。而钱德成躲雨的地方，就是桥洞下近岸的裸露河床。

这块地方也就三五平方米大小，由一大块稍高些极光滑的青石和一些细小的鹅卵石组成。再向前，就是只剩不到五米宽的溪水，水色微蓝，怎么看，最深处都不会超过一米。

自钱德成遇袭到现在才不过几天，溪水水位并没有大变化。所以我一下到青石上，就瞧见了一摊深色的血迹。约一个半巴掌大的一方，在青石的中央位置，然后点滴往边缘去，正是当日钱德成狼狈逃离的方向。

青石就这么点儿大小，我研究了一会儿血迹，就有了新发现。

在另一个方向，还有少许血迹，这血迹比钱德成逃离时滴落的要少。我蹲下凑近观察，确认自己并没有看错。我顺着这组血迹的方向往前看去，是直通向溪水中的。

这血也是钱德成的，来源应该是他被咬下的那块腿肉。是从“河童”的嘴里滴落的！

我走到那“河童”下水的地方，往水里看。

几尾小鱼在水底的卵石间闪过，没有任何异常。

我站在水边呆看了很久，又开始绕着青石打转。从现有的这一点点线索里，我能分析出什么来？

首先，袭击钱德成的生物应该不是陆生的。否则它不会往水里去。除此之外呢？

也许……我用手试了试溪水水流，那东西下水的方向是逆流。它是习惯性地往自己更熟悉的水域去吗？这样的话，我沿着溪水溯流而上，是不是有机会发现它？以溪水的清澈程度，如果一个小孩大小的东西在水里，我隔老远就能发现。如果它正好栖息在水岸边的话，我沿水而行，搞不好自己会被攻击。

此外，这东西该不会是纯水生生物，这么浅的溪流，容不下那么大块头的东西。一转念，我又觉得未必，本就假设可能是因核辐射产生突变的生物，既然是突变，就没什么道理好讲了。只是它如果没能进化出长时间离水的能力，在这样一条溪流中，肯定待得非常不舒服。

不知绕到第几圈，我忽然发现，在那一头的桥底河床上，裸露的鹅卵石中，有两块一大一小青黑色的东西。我眯起眼睛看了会儿，是……乌龟吗？山龟？

不对不对，那是空壳，确切地说是乌龟背甲。在不远处，我又找到了一块浅色的腹甲，另一块腹甲一时间看不见。

能把乌龟吃成这样，看来这又是“河童”的杰作了。如果我背后有一个支援团队，那么我把这龟甲带回去，通过分析上面的咬痕，还能有些判断出来。现在嘛……当然也是要带回去的，没准儿可以拿这个和X机构谈谈条件？

我没急着去对面拿龟甲，而是站在最大摊的血迹上，闭起了眼睛。

那晚大雨，天色比现在暗，钱德成就是站在这个位置上躲雨。想象自己是他……我的右手伸到嘴边，左手虚握一只打火机，试着给不存在的湿烟点火。点了几次都没点上，风很大，火苗被吹灭了。然后，我的左腿突然剧痛。

我尝试在脑海中重现当晚的情形。这是还原现场，在许多美剧或悬疑小说中经常能见到。比如美国作家迪弗就在其系列小说中塑造了一个极擅长还原现场的女警探，她往往只凭着一角布料、几滴血或一撮泥土，就能进入凶案发生时的情境中，看见凶手是如何动手的，近乎特异功能。

这不是天方夜谭，现实中，确实有一些人能做到类似的事情。人的任何举动再怎样小心掩饰，都会在环境中留下痕迹，空手有空手的痕迹，戴手套也会有手套的痕迹，但这些痕迹加上时间的流逝，大多细微到了常人无法主动觉察的程度。但这并不意味着人体信息收集系统收集不到这些信息，只是大脑替我们自动过滤掉了，这是一种自适应机制，避免不堪重负。而经过一定训练的人，可以通过某种方式，让这些原本不被大脑处理的信息重新“浮出”。当然，代价是加重大脑负担，消耗大量体能。

原理都知道，能不能做到，还得靠天分。何况我又没经过专业训练。闭着眼睛自我催眠了许久，都没什么特别感觉。传说中通灵般的幻觉……屁都没产生，我果然是太理性。

这时，我闭着眼仰着头，双手伸开，一副要拥抱大自然的模样。

我正在挣扎要不要再试一下。意识到了自己的挣扎之后，我明白是彻底没戏了。忽然左脸颊一凉，一滴水溅落在脸上。

下雨了。

不对，我是在桥底下啊。

我睁开眼睛。哦……我的天。一瞬间，我全身都僵住了。

在我的头顶，一双眼睛在盯着我。

是巨蜥？这是我的第一反应，随后又觉得和巨蜥有所不同。不同在于脖子和尾巴，脖子比巨蜥细，尾巴则比巨蜥短得多。相比起来，身体非常壮实，简直像块麻将牌。我打赌，从来没见过这玩意儿。

这东西比五岁的孩童稍小，连头带尾不超过一米，它的爪子看上去相当锋利且有力，足以抓着拱桥的石缝，倒吊在我的上方。

我和它对视着，不敢稍动。它的眼珠子仿佛固定在眼眶里，看不出任何情感，只是冷冷地瞪着我。这种对视是危险的，我的任何举动都可能被视为挑衅。如果能选择，我刚才不该把目光停在它的身上，现在移开已经太晚了，我们已处于对峙状态。

刚才那滴是它的唾液吗？应该不是，它的脑袋并不在我脸的正上方。我有个近乎荒唐的想法，难不成是它的尿……也不会，尿再少也不能是一滴。

它身上有一块一块的甲状物。在甲片之间有深色的黏液，刚才滴下来的应该就是这个了。

我的手慢慢地、慢慢地，伸向身后的背包。太大意了，既然是在冒险探访河童，下桥前就该把刀拿出来的。

手伸进背包里，摸索分辨，捏到刀柄，再慢慢把刀抽出来。刀卡在背包口，试了好几次都抽出不来。不得已，我只好先把背包完全打开。这一系列动作，最初还能保持隐蔽，但后来难免就加大了幅度。

上方的“河童”还是没有一点儿反应。

终于把刀取出来了。我右手持刀，横在面前，心里稍稍安定。

我开始移动，向后退开，移到能让我安全一些的位置，站定，戒备。这期间又过去了五分钟，那东西还是没动。

随着时间的流逝，一开始那种担心它随时会扑下来的心情开始放松，似乎它的攻击性没有我想象中的强，至少一把刀就吓住了它。但它也没有后退，这十几分钟里，要不是眨了几下眼皮，我简直以为那是个死物了。我的手臂都因持刀而开始发酸，但我反而把手抬得更高，把刀举到了额头上，同时另一只手去拿包里的相机。

我时刻提醒着自己，还处在危险的境地中，那东西随时有可能暴起攻击。实际上，一切进行得出乎意料的顺利。我取出相机，调到录像模式，拍了三分多钟的录像，然而还不满足，开始绕着它移动，想拍到更多的角度。这时汗已经挂满额头，开始滴下来。我擦了把汗，用的是持刀那只手的手背，刀身晃动，光反射到它的眼珠上。

它动了。

它并没有朝我扑来，而是头和尾一缩，实际上它的四肢都收缩了一下，以至于前爪一下子就抓不住石缝，整个身体像蝙蝠一般倒垂下来，摇晃了几下，后爪终于也抓不住，掉落下来。

它背朝下摔在地上，发出沉闷的撞击声，自己却一声不吭，翻过身来。这身翻了一两秒钟，虽然不算慢，但也称不上敏捷，和我想象中那种如迅雷般扑击猎物的猛兽，更是有太大的差距。

它掉下来的时候，我就向后急退两步，退出了大青石，踏在鹅卵石上，身体弓起来，肩膀一低手一钩，相机滑落在手腕，背包一卸一抡，甩到前方当盾牌。这样一手刀一手盾，进可攻退可守。这也就是一两秒钟的事情，靠的是最自然的身体反应，不夸张地说，我的动作十分的流畅，简直可称为行云流水。坏就坏在我忘记了刚才又是拿刀又是拿相机，包早被打开了。现在这么一抡，包里的东西顿时飞了出来，直冲那怪物而去。

那东西见有物袭来，竟……反身就逃。

这货的胆子竟忒小。其实刚才它掉下来已经反映了这点，它绝对是不由自主地收缩身体，浑然忘了正扒着石缝呢。

这说明，它遇到威胁的第一反应是防御，而不是进攻。

它飞快地离开青石，在鹅卵石上几个划拉，就冲进了水里。这动作让我对它的速度有了最终的评估。无疑这应该是它最快的速度了，最初的一蹿非常快，身体里像装了弹簧，显示了极强的爆发力，但后几步到下水的动作，和它翻身时体现出的敏捷度相仿，只能算是还不错，接近狗，在野生生物中，应该算是偏慢的了。

它跃入溪水中，溅起少许水花，几圈涟漪后，又在水面上露出背和脑袋，眼珠子盯着从我背包里飞出去的东西。

包里的东西早散了一地，但我立刻意识到，它在看的是肉。两块肉，一生一熟，生的约一斤半，熟的约一斤，都是猪肋排。

我慢慢向后退，一个之前根本不敢想的念头在心里冒出来。

这东西生性胆小，看起来如果不是饥饿（我猜那天钱德成无端被咬可能是这个原因）或者被招惹激怒，攻击性并不强。而它也不特别敏捷。这样说来，也许，我可以捉它回去？

这念头一生出，就再难遏制。只恨我没地方去搞麻醉药剂，否则早点儿下在肉里，现在就十拿九稳了。

我后退了两三米，把执刀的手藏在包后。想活捉的话，最好是有钝器，比如粗树枝什么的，好把那东西敲晕。但现在走开去找树枝不现实，也就只有走一步看一步了。

那怪物果然是挡不住肉的诱惑，并没让我等太久，很快就从水里游回了岸边。我见了它的游泳方式，竟是出乎意料的笨拙。通常水里的生物，都是靠摆动身体来获得在水中的推力，比如鱼类，比如蛇，比如鳄鱼，都是如此。而这怪物是靠四肢的划动，仿佛一只陆生生物下水游泳一般。水里的速度，简直比我的游泳速度还慢。

想到它防御时收缩的四肢，以及头和尾的模样……我忍不住望了一眼对面的龟壳，该不会是，该不会是由乌龟突变来的吧？

这念头在脑海中转了一圈，迅速膨胀起来。这可能性非常大。我想起了多年前在上海暴发的范氏症，当时因为神秘病毒的感染，上海某小区死了很多人，死因都是内脏迅速巨大化，不久就撑破肚皮而死。实际最后的调查结果，范氏症的真相是内脏忽然有了独立生命的意识，进入新的快速生长期，并脱离人体。脱离后，绝大多数内脏无法单独生存而死去，但其中的一小部分则会进化成另一种生命。从这点上说，和眼前的一幕真是有许多相似之处。是否核辐射让一部分乌龟突变，使它们摆脱了龟甲的束缚，虽然其中大部分乌龟会死去，但也有一定比例的能活下来，变成没有甲壳的巨大化的乌龟？

这么说来，我今天能再次在钱德成遇袭的地方碰到它就不是偶然了，它身体曾经的一部分在这里，所以即便是有了新生命，它的活动范围暂时也是以这儿为中心的。

这些思路说起来复杂，其实如闪电般瞬间在我的脑中划过，而那怪物，此时还谨慎地在水岸边观察情况，一半身体在水里，看样子随时都准备跑路。

片刻后，它从水里爬出来，慢腾腾地走到生肉旁，停了少许，似乎是在判断危险性。然后它脖子一伸，一口叼住那块生肉，又一步步后退，要将它拖进水里。

我本以为他会在岸上享用，这样一来，给我的反应时间就很少了。当下心一横，也顾不得许多，急冲两步，仿佛三级跳远一样，第三步整个人直扑出去，手里的背包像张渔网，劈头向这怪物罩去。当然，刀是不敢离手的，在右手里紧攥着，这是把钢质锯齿西餐刀，头很尖，我还要提防着扑下去的时候会反插到自己。心里的打算是，先用刀柄加拳头砸，如果不行，就给它来两下，就算弄死了，尸体也是有价值的。

我这人，这些年做事越来越谨慎，但关键时刻，还是有股子血性和狠劲。我常以此自得，认为这是一个冒险家必备的素质，不如此，就不能在一次次的危机中存活下来，因为我许多时候本就是面临死中求活的险境。

这怪物看见我猛扑过来，第一反应果然是收缩。然而等我第三步扑出，整个人的影子把它笼住，背包挟着风压下的时候，它四肢收缩到极点，就像弹簧被压紧到极点，猛然反弹，身子向前一蹿。它的爆发力再次展现，身形如闪电般迅疾。这样的爆发它短时间内只能有一次，但这一次就足够让它翻盘，都用不着一眨眼的时间，它就冲出了背包笼罩的范围，到了我完全敞开的胸腹区域。

兔子急了都能蹬鹰，何况这家伙！

我的心脏剧烈收缩，然后嗵的一声心跳在耳边响起，又闷又慢，时间仿佛拉长，又在飞快过去，有一种错乱感。

人在空中，根本改不了扑势，再过一瞬间，人就要落地。在这一瞬之前，它那张咬合力极强的嘴就将咬穿我的衣服，啃掉我胸腹的血肉。电光石火间，我背包脱手，勉强把左肘尽量回收，希望能挡一下。心里后悔的念头闪过，这变异生物哪里是这么好抓的呀，我是顺风顺水太久了吧！

“啪”的一声响，我扑在地上，和大大小小的石头亲密接触。饶是这些石头常年被水流冲刷变得圆润，也还是全身上下无处不疼。我觉得左肘在那东西的背上狠磕了一记，却没有被咬中的疼痛，一时间来不及想为什么，先侧身翻滚开。

一翻之间，觉得左手沉重，那东西被我带着在动，定睛一瞧，原来它那一嘴，正咬在我挂在左手腕的相机上。先前扑击的时候，来不及把相机放好，甚至压根儿把这茬儿忘记了，没想到救了我。眼见着它那张嘴死死咬在相机上，相机被咬的地方明显变形了。这要是咬在手上身上，那两层衣服根本挡不住，没咬到大血管的话，钱德成就是我的下场；咬到的话……

那家伙爆发之后，反应力的确不高，被我拖着在地上翻滚，嘴兀自不知道松开。

我现在知道了凶险，手腕一抖从相机的吊绳里卸脱，右手一刀插进它的背部，完全贯通，刀尖都碰到了下面的鹅卵石。然后猛一使力，把这足有十几二十斤的家伙挑甩到几步之外。如果是人，被人用锯齿刀这么挑飞，十条命里去了九条。但这玩意儿不可能如此脆弱，我左手撑地跟着蹿过去，又是一刀，然后顺手抄起背包压住它的脑袋——它还咬着相机不放呢。然后松了刀柄，抄起块大鹅卵石猛砸。

这般狠砸了有半分多钟，觉得它不怎么挣扎了才停下。它的背部本就是一块块的硬痂间渗着脓血，被我两刀一捅、一顿乱砸，已经血肉模糊。

背包里本有一卷麻绳，刚才也一并掉落在地上。我捡起麻绳，脚用力踩着背包，保证怪物最具攻击力的武器始终在控制之下——我可不敢赌它已经挂了。我拔出刀，用麻绳把这东西缠成了个大粽子，然后才把背包掀起来。

嗬，这家伙竟还死咬着相机不放呢，我越发确定这就是突变后的乌龟了，还保留有太多龟的习性呢。这只差不多被揍烂的巨型无甲龟紧闭着眼睛，但以龟的生命力来说，它肯定还活着。

它紧缩着脖子，但因为已经没有硬甲保护，所以这个动作毫无意义。我犹豫了一下，最终没有一刀剁断它的头颈，但用麻绳绑它的脑袋又太危险。它的爆发速度我见识过了，万一舍相机而就我的手，根本躲避不及。

最终我把无甲龟脑袋冲里塞进了背包，它仿佛已经认命，并不怎么反抗。我想哪怕是一只野猫变异了，都会比龟残暴得多，这是我的幸运。无甲龟还有一半身体露在背包外面，我又用麻绳绕着包死命勒了几圈，算是把它的脑袋也控制住了。

把包挂在电动自行车一侧，我踏上返程的道路。

这一次的行动，有太多可以反省的地方。自钱德成处得到河童的消息，立刻就决定甩开陈果，独赴浪江町，可以说是相当的果决。但此后种种，现在想来，只能庆幸自己竟在犯了那么多错之后还能活着。

首先，明知道可能会面对给钱德成造成严重伤害的怪物，却还以观光的心态来冒险，虽然带了刀，却放在背包里，其实是心底里并不认为自己跑这一次就能逮到河童。瞻前顾后犹疑不决，做事最忌这样的心态。

而后，发现了河童可能是乌龟变异，攻击性不强，就莽撞地飞扑上去，结果险些受到反击而重伤。钱德成的伤处犹历历在目，是什么让我一下子昏了头，认为自己对付这怪物可以手到擒来的？

我叹了口气，自己今天表现得像十年前那个初出茅庐什么都不懂的小子，冒险不能总靠运气啊，命运不会因为你是个老资格的冒险者而特意眷顾，当引以为戒。

一路上，我感觉到背包扭动了几下，但也仅此而已。

一个半小时后，我回到了友和。

陈果在门口守着我。

“今天的采访顺利吗？”她问我，眼睛直往我挂着的背包溜。无甲龟露在外面的部分被我用麻绳缠得严严实实，看不清究竟，但也足够古怪了。

不管怎样，她都不会猜到，我只出去了一次，就把传说中的河童逮了回来。

“挺好。”我回答。我当然知道她是想问我今天到底去了哪里。我是故意甩脱她，这点太明显了。

“这是？”陈果指着无甲龟问。

“火腿，我今天的一个采访对象送的，他自己腌的。”

“啨，我好久都没吃了，能分我点儿不？”陈果笑着说。

“你可不是想吃火腿。”我说，“你只是想看看我这个到底是不是火腿。”

既然她已经起了疑心，无论怎么掩饰，她都会想要追到底，反不如直来直去的好。

“啊，不，当然不是。”陈果窘迫地说。

“这里不是国内，小姑娘，不要过界哦。”我说着，重新蹬上车进了医院。

“那明天早上，我还要来吗？”陈果在后面喊。

“忙你的吧。”我挥挥手说。

她回去后会作分析，会作假设，会去证实。疑心既生，我还能保留多久的先机？几天，还是几小时？

第四章
鬼　面

这和那种重烧伤病人的脸不同，那种脸上，至少还留下了原本是眼睛和鼻孔的几个窟窿。

但它没有。这还是脸吗？这不是脸吧。

这不是一个人！

他山之石，可以攻玉。有了无甲龟，我要是还绕不过梁应物这道坎，我就不姓那。梁应物堵死了前路，想让我乖乖地做个普通的采访记者。嘿，当我这么多年是白混的吗？

我借用医院的电话打回国内。

打给何夕。

何夕是我的未婚妻，上海警界著名的法医，此时正在休假中。

我和她在很多年前的一次历险中相识，那时她还在一所国际著名医疗机构海勒国际任职，实际上，她是海勒国际创始人范海勒的养女。那次事件的最后，她在海勒国际最亲密的几个人全都死去，包括她当时的男友，也包括养父范海勒。而她被变异生物侵入体内，活下来的可能性很小。

一年之后我再次见到她，她已回到中国成为一名法医。体内的变异被成功压制，反而成为她的生物永动机。海勒国际先进的基因生物水准，加上对中国道家修炼术的科学解析，做到了这近乎不可能的事情。她就此成为中国古代道家陆地神仙的现代变异版本，身体修复能力是我的几十倍，延寿数百年不成问题，确切是多少还有待研究。她必然还有些其他本事，由“永动机”抽取的能量必然作用于她的方方面面，比如速度，比如力量。但她从不在我面前展露这些，这些本该是男人胜于女人的领域，她是在给我面子，我明白。

关于何夕的事，在我之前的一些手记里陆续有提及。她是个工作狂，这次是被上级逼着休假。我本想问她要不要一起来日本，不能搭包机就用正常途径晚几天来。她日语好，生物学水准又是超一流的，来日本不论是采访还是解不明生物的谜团，都能帮上大忙。结果她犹豫了一下，竟拒绝了。这点我至今没想通，但也没追问。

电话接通，她罕见的怒气重，话里藏话，我明白是怨我来日本这么多天，都想不到和她联系。好吧，她现在越来越像是个正常女人了。

“哎呀，你不知道，现在日本打个电话有多困难，我在灾区，通信中断的呀。”

她有这样的怨气，我当然不会蠢到直接说要她帮忙，于是稀稀拉拉地把这几天的经历都说了一遍。包括梁应物的避而不见，全奉诚在飞机上和沉没之地的相遇，捕获无甲龟等。

“听上去，的确有可能。”她说的是我对无甲龟的判断。

“你知道我为什么不去日本吗？”她主动提起这个话题。

“为什么？”

“因为很危险。”

“嗯？”我不明白她说的危险是什么，肯定不是常人理解的那种。

“大剂量的核辐射容易引起基因突变。一般人还好些，像我这样的，尤其危险。”

“你这样的是什么样的？”

“和正常人不一样的。我现在基因和正常人有差异，这种差异不是在漫长的岁月中一代代进化来的，所以极不稳定，尤其容易受到辐射的影响。我现在的基因处于平衡状态中，这种脆弱的平衡一旦被打破，后果就是基因崩溃。”

“这么说，全奉诚他……”

“是的，所有所谓的非人，都是基因变异后达到另一个平衡才能存活下来，在核辐射环境里都很危险。当然这种危险只是说可能有百分之几的概率会基因崩溃，还是小概率，但我也犯不着去赌这个小概率。这个全奉诚，要不要提醒他随你，反正你们也不熟。”

原来非人们虽然看起来很强横，但也有如此脆弱的时候。我不知道基因崩溃了会怎样，总之听上去会死得很惨。

然后，我终于把话题引向了想要的方向。

何夕虽然现在成了一名法医，但她和海勒国际仍有千丝万缕的联系。作为有诸多实验室，在基因方面极具权威的国际医学机构，海勒国际很有可能也有专家组来到了日本。

我留下了电话和住址，何夕说会立刻帮我联络。

海勒国际，就是他山之石，攻的是X机构这块玉。我把突变生物交给他们，以换取在日本的信息共享。都是来日本研究核辐射对生物影响的，X机构的发现也许海勒国际也有所了解，这样我就能知道X机构葫芦里卖的是什么药。

说到底，我也并不想干什么。我只是单纯地对梁应物不满，他到底对我隐瞒了什么，就是想要挖出底细来。人争一口气，别说我这年纪，到老也一样。

正事儿说完，挂电话前，何夕忽然提醒我：

“你自己小心点儿。生物突变只是相对于正常进化而言的，通常突变也是需要很长的时间才能完成。那只无甲龟，我没看见，不好作检查，不能下判断。可是单纯的核辐射，怎么会让它在短短几天的时间里，就产生这么大的变化呢？这里面……也许还有其他的力量，你要留个心眼儿。”

我心头一凛。

其他的力量？

挂了电话，我向旁边的护士小姐笑笑。

“谢谢了，也许会有电话找我。”我说。

她有点儿迷惑。很好，不懂中文。

我又用日语说了一遍，她理解后说“好的”。

回到房间，我关好门，去看扔在衣橱里的无甲龟。

我是把它头冲下斜靠在衣橱里的，现在把它正过来，解了捆在背包上的绳子，取下了背包。我的动作很小心，站在能够到手的最远位置，并随时准备把手缩回来。

它早已松了嘴，闭目缩头，一动不动。我随手取了个衣架碰了碰它的眼皮，后面的眼珠子一动，就知道它还活着。

我不确定它能离水多久，而且受了这么重的伤。

得给它点儿水。我现在小心极了，在拽起它身体后部的麻绳前，还先比过了它脖子的长度，确认不可能扭头咬到我。我把它拖进厕所淋浴房，打开水龙头放冷水，等它全身都浇遍了，再重新拖回衣橱，在此期间它还张嘴喝了几口水。

锁好衣橱，我趴在地上擦拖痕的时候，敲门声响起。

这么快？电话打了才多久啊。

“稍等。”我喊了一声，迅速把痕迹擦完，毛巾往浴室一扔，冲了下手，把门打开。

不是想象中海勒国际的人，是林贤民。

“不好意思，先前你回来的时候，我在大厅里看见了。”

“哦不好意思，我走得急了些，没和你打个招呼啊。”回医院的时候我刚应付完陈果，提着个“火腿”在大厅里穿堂而过，只恨不得所有人都别注意我，哪儿会停下来和人打招呼。

“不不，我不是这个意思，只是我看到你好像……我想，我还是该来问一下。你没事吧？如果需要的话，我这里有红花油，也有创可贴。”

他手里提了个塑料袋，这时举了举。

“啊，哈。”我在河滩上那一扑其实摔得极狠，全身有几处现在还十分疼痛，估计看上去就像和人干过一架一样。实际上，一直到现在，我都没顾得上整理仪容，这林贤民倒是好心肠。

“不用了，谢谢啊。”我下意识地拒绝，然后用手整了整头发。其实这并不能让我看起来好多少。

“昨晚上我还在看你的小说呢。”我随口想把话题岔开，看见他立刻专注起来的表情，心里暗叫糟糕，这话题一开，要是再三两句含糊过去，就太不礼貌了。

于是，我只好把他请进屋，他显得很期待，想知道我这个读者的评价。

我先去浴室换了身衣服，才发现裤子在膝盖处磨破了个大洞，手掌手肘腿上多处破了皮，倒是真需要创可贴。把自己打理好，出来倒好茶，我定下心和他开始聊小说。他在小说中展现出的想象力真的很棒，反正我也是在等海勒国际的回音，干不了其他事情，权当打发时间了。

“还没看完，不过你里面描述的世界非常奇特，怎么想到的啊？”我问他。

他很高兴地笑了几声，准备回答我的问题，表情又变得有些古怪。

“我也不知道，突然间，就在我脑子里啦。”

我知道，他是担心我觉得这小说和他的精神问题有关。

“嗬，灵感都是一下子就来的，否则怎么叫灵感呢，你说对不对？”

“是啊是啊。”他猛点头，“有一天醒过来，我的脑子里就有这些东西啦。然后我就不停地写不停地写，有一些不清楚的，写着写着也就清楚了，就好像是记忆，慢慢地清楚起来了呢。这部小说是我在两天里写出来的，没日没夜地敲电脑，饭都不吃。那时候，医生还以为我又犯病了呢。”

其实我觉得，精神病人往往会有更超卓的想象力，因为他们不会被任何成规束缚思想。但我当然不能这么对林贤民说。他现在的状态，恐怕最担心的就是别人认为他的毛病还没好。

打印件上的行距较宽，可不管怎么说，《新世界》也有近十万字。两天写完，等于一天五万字，我的天，我的纪录是一天写了六个版两万字，花了十小时，这还是新闻稿件，所有的素材都先采访好了的。五万字的话，一秒钟一个字，要连续打近十四个小时呢。

“两天里写出来的啊，这可真了不起。”我咂着舌头说，“而且以你在小说里表现出的想象力，国内大多数的科幻作家都达不到这个水准呢。”

“您多指教，您多指教。”

“谈不上指教，这样一部作品，真希望能有更多的人看到。老实说，从出版角度来说，可能还要再进一步琢磨琢磨文字和故事。”

“嗬，我也没想一步登天。这是第一部，我只是搭了个框架，这个神奇的世界是什么样的，天是什么样的，地是什么样的，生活在这个世界里的生灵又是什么样的。还有许多许多的故事，这两天一直在我脑子里冒出来，我得把它们都写出来，然后我再一并修改。”

看起来还是个大系列。不得不说，每个小说初学者都有建造一整个世界体系的雄心壮志，但能完成的少之又少，而且，小说并不是写得越长越伟大。

我和林贤民非亲非故，自然不会去说这种话。再说，人通常很少会听劝，非得自己撞过才知道。

接下来，他开始和我大谈这个幻想中的世界，有些是写在小说里的，有些则是他新想出来的。他的设定真的不错，这个绚烂的世界常常要为其绚烂付出代价，天空中时有一角色块扩散开，掩盖整个天幕，流星雨到处，无数生灵死去。如果那个世界也有朝秦暮楚这个成语，那绝不会是贬义，因为那就是世界的真实状态。生命就是一场狂欢，最好的结果是在盛开时结束，而更多的时候也许就死在下一刻。那个世界的情感，是最热烈、最狂放、最恣意的。《世说新语》里的魏晋狂士，与任何一个蝌蚪人相比，都是害羞的少女了。

“你这个蝌蚪人的世界，和国内一位科幻作家刘慈欣写的《三体》里的三体星倒是有几分相似。”我想起刚看过的一本小说。

“啊。”他显得有点儿沮丧。

“当然还是有不同，三体星也是自然条件差，隔段时间文明就会毁灭一次，所以三体人想的是怎样逃离三体星。而你的这个世界，蝌蚪人想的是怎样绽放出生命最浓烈的颜色，从情感上说，我更喜欢你的设定。”

他连声说“谢谢”。然后若有所思。

“世界毁灭啊。”他喃喃自语。

我们聊了有两个多小时，快到晚饭时，他告辞离去。

“有时间的话，我把想出来的一些蝌蚪人的故事和你说说，你给参谋参谋哪些值得写出来。”临走时，他说。

“行。”

林贤民走后不久，护士来告诉我，我等待的电话终于来了。

我快步走向服务台，拿起搁着的电话听筒。

我心里想着我应该说英文还是日本，拿到听筒脱口而出的还是：“你好，我是那多。”

听筒里回应的居然也是中文，虽然有棱有角，不怎么顺溜。

“那多先生你好，我是海勒国际的桂勇，何夕已经把您的情况和要求传达给我了，是否方便面谈？”

“好，什么地方，什么时间？”

“我就在友和医院的正门口。”

正门斜对面的路边，停着一辆银灰色的凌志。我看了眼手机，还是全无信号，无疑桂勇是用卫星电话打的。晨星报社穷得很，全报社都没一台卫星电话，要说这玩意儿就万把块钱，也不贵，要是来日本能配台这个，就方便多了。

看见我出来，凌志的大灯闪了几下，然后一个留着大胡子的中年男人从车里走出来。金发蓝眼，身材魁梧，典型的日耳曼人。这并不令我意外，电话里的口音就能听出来他不会是中国人，恐怕因为创始人范海勒的关系，海勒国际里的许多人都起了中国名字吧。

打招呼，握手，然后我们钻进了车后座。

他看了眼我带着的手提电脑，说："我能先看眼照片吗？"

于是，我把视频放给他看。

放的时候，他有几次忍不住惊叹，但说的是法语，我完全听不懂。

视频结束，他舒了口气，对我说："这简直是个奇迹。短短的几天，就有了以往要几十代才能产生的变化。它在哪里？"

"在我这里。"我笑笑说。

"应该怎么讲，开门见山，我就开门见山地说吧。我是海勒国际几个基因项目的牵头人，几年前我就知道你，很高兴今天和你见面。"

我笑着点点头，心里想，这不还是在寒暄，哪里开门见山了。

"这次我们来了五位研究人员。来这里之前，我们已经开过会，如果你手上的东西有价值，那么……"他耸了耸肩，"可以满足你的一些要求，当然是有限度的。关键是，你的要求到底是什么，你的目的是什么？我们所做的一切，和你的专业领域完全没有关系。哦，还是你打算写一篇独家新闻？"

"当然不是，这样的新闻我就算写出来，也会被编辑枪毙的。太惊悚的新闻不适合中国国情。"

"枪毙？"他吓了一跳。

我挥了挥手："我是说通不过审核。我的目的，我的目的是……"

我忽然卡壳，不知该怎么对他讲。我最终是想要知道，梁应物到底隐瞒了我什么，最初照片里的东西是什么，是否真的失踪。我想，海勒国际的派遣小组也许会知道这些。即便不知，我也能了解更多关于日本变异生物的内情，这有助于我作出正确的分析。

显然，这些弯弯绕绕不合适直接对桂勇说。

“听说因为这次核泄漏，全球许多研究生物变异基因突变的科学家都来日本了。”

“对，而且来了之后发现，现在有许多迹象表明，我们面对的生物突变是前所未有的。就像你的无甲龟，美军当年在太平洋一些海岛上进行实弹核爆，几十年后当地的生物都没有突变到这样的程度。当然，福岛的核泄漏造成的辐射要高于实弹核爆，可是切尔诺贝利事件后，也没发生这么严重的突变。这真是让人兴奋，如果能解开其中的奥秘，将是决定性的一步……”

我咳嗽一声，打断他：“你们这些来自不同地方的研究人员，相互之间会交流吗？”

“有最基本的信息交流，这样才能保证不浪费时间。这是在灾后的日本，任何一方所具备的资源都是极有限的，包括设备在内，都要整合。但更深入的研究，当然是各家做各家的了。现在主要是做一些收集工作。实际上，我们的住所、实验室都是在一起的。”

我精神一振，问：“是你们的住所和你们的实验室在一起，还是所有的非日本科研人员都住在一起、工作在一起？”

“其实也包括日本的几个团队，我们的基地就在田村市，也是一所医院，空出了一整层，吃、住、工作都在里面。我们的所有发现，都必须和日方共享。”他耸了耸肩。

显然各方都会留一手，这是不用说的。

“有没有来自中国的团队？”

“有一个，挂着的牌子是上海长海医院。嗬，我从来都没听说过这家医院在这方面有研究课题组。”

哈，就是这个了。打着长海医院幌子的X机构。桂勇在说这句话的时候，表情奇特，看来他心里是有几分了解的。

“那么，我的要求就是两条。第一，可以自由出入你们的研究基地；第二，共享你们在日本时的信息和研究成果。”

“我们的研究成果不能透露给你。”桂勇立刻摇头。

“我只要最基本的，事实上，你们在日本的现有条件下也不可能深入研究。需要的话，我可以和你们签保密协议。”

桂勇想了想，然后伸出手来和我一握。

交易达成。

“那么，我们去取你的宝贝吧。”桂勇说。

凌志车开进友和，我问桂勇：“那么，这无甲龟你拿回去，也要共享吗？”

“当然。”他说，“不过，我们拥有这生物的研究主导权。”

然后他撇了撇嘴，补了一句：“和日方共同拥有。”

开门进房间，桂勇扫了一眼屋内格局，指了指厕所。

我摇摇头，走到衣橱前，把门打开。

我期待从他的脸上看到惊叹的表情，这几乎是必然的。然而他只是往里面扫了一眼，就又望向我。

我侧头一看，天，无甲龟呢？

衣橱里空荡荡的，什么都没有了。

逃走了？这是我的第一反应。随后我意识到现场并没有绳子，如果无甲龟是自己逃走的，它不可能还绑着麻绳。

我只离开了一会儿工夫，顶多也就二十分钟，还锁了门。刚才开门锁时，没感觉异样，难道是有钥匙的人，医护人员，或者山下？

桂勇看到我的神情，也知道出了问题，他眼睛四下一扫，用手指指厕所。我冲到厕所一瞧，窗户敞开着，一地的碎玻璃。

我推开窗，向外张望，看不到人影，窗下是花坛，除了碎破璃外，看不出什么痕迹。从窗子跑出去的话，第一落脚点受力最大，应该有一个比较明显的脚印，但也许是因为天冷泥土较硬的关系，我并没有发现。草和矮灌木上也没有因踩踏而倒伏的地方。也许得靠专业的现场鉴识人员来找踪迹了。

通知了护士房间被人闯入的事，护士立刻报警，几分钟后山下也到了，并向我道歉。

因为警力目前紧缺，还要等一段时间，山下让我先清点一下，少了什么东西。

我当然不能说少了一只被绑成粽子的无甲龟，其他物品包括钱、护照等都在，那个人的目的非常明确。

“什么都没少吗，那就好，但你要不要再看一遍？”山下问我。

我叹了口气，有苦说不出：“确实没少东西。呃，厕所少了块毛巾。”

“毛巾？有人偷毛巾？”山下皱着眉头说。

我也想不明白，为什么会少了块毛巾，也许是怕无甲龟咬人，所以拿毛巾塞住它的嘴？

想到了咬人的时候，我的眼睛掠过手上贴着邦迪的伤口，猛然想到了另一个可能。我立刻伏下身去细察地面，嘿，还真被我找到了，在靠着橱门的地方，有极细微的凝结小点。那是血珠。

我可以想象，那个偷盗者从厕所的窗户闯进来，在衣橱里发现了目标，抱起来的时候却被无甲龟咬伤。他用毛巾包扎伤口，并且把血迹擦干净。但时间紧迫，他匆匆离开，终于还是留下了这些小血珠。

“有发现？”桂勇问我。

山下和护士小姐也看着我，我欲言又止。

山下看看我，又看看桂勇，居然向我鞠了一躬，说：“真是对不起，给您添麻烦了。警察随时会到，我先到外面去等着。”然后和护士一起离开了。

真识眼色，我想。我去拿了两张纸巾，一张擦了地上小偷的小血珠，另一张则在壁橱里抹了一把，然后把这两张纸巾递给桂勇。

“一张上有无甲龟的血，一张上有小偷的血。”我说。

“我们的协议？”我犹豫了一下问，“我这里还有龟壳在。”

“你能把拍的视频给我一份吗？”

“当然。”

“那就行。”也许是因为何夕这层关系，桂勇并未收回前诺。

这边无甲龟失踪，桂勇也就不再多待浪费时间了。我找出龟壳给他，提着手提电脑回到他的车上，把视频用数据线传到他的电脑上。

这时，我看到一辆警车驶入医院大门。

我一直在犹豫着，要不要问一下桂勇。我才捕获的无甲龟，而这贼明显就是冲着无甲龟去的。知情人就只有何夕和桂勇了。

但龟已经没了，桂勇又还是答应先前的条件，再追问，似乎并无意义，万一他因为我的怀疑而收回承诺呢。

“我尽快给你办一张出入证明，就算是我们新请的研究人员。应该明天就能办好，到时候我来接你。还是你有什么问题现在就想要了解的？”桂勇问。

“明天我等得起，现在我还是赶紧回去，警察到了。”

“好。”桂勇点头，“你发现了突变生物的事，就只有我的团队知道，而你住在哪里，就只有我知道。事情很巧，可是你本来就是要把东西交给我研究的，所以我完全没必要做这样的事。而且我们只是单纯的科研人员，可不会干这种偷鸡偷狗的事情。”

桂勇大概看出了我心里的疑虑，主动解释。

“是偷鸡摸狗。”我笑了笑，“当然，我明白的。”

回到房间，一名三十多岁的警察正在和山下说话。他胡子拉碴，眼窝深陷，眼睛里都是血丝，看上去有很久没好好休息了。

因为这次对话可能会比较复杂，山下也知道我的水平，已经先请了林贤民来当翻译。我简单说了一下，其实除了我的身份之外，也没什么好说的，因为

“没有东西被偷”。

他点点头，然后蹲下去，察看地面。我一愣，他看的正是我先前看过的地方，衣橱前方。看来，山下之前固然很体贴地退了出去，但依然告诉了警察我的奇怪动作。

警察看了看，又拿出手电筒照着看。

“有刚擦抹过的痕迹。”他半跪在地上，抬起头看着我，“是那先生刚才做的吗？”

说实话，我真没想到情形会发展到这样。在这样的灾区，每个警察都会忙到脚不沾地要飞起来，在我的想象中，接这种小事，警察不来都是有可能的。没想到不仅来了，面对这样一个入室但没造成损失的小案子，还会如此认真。

“是的。”我只好承认。

“为什么呢？”他站起来，和气地问我。

“因为，浴室里少了一块毛巾，我猜测也许是小偷翻进来的时候受伤了，所以用来包扎伤口的。于是我就察看地上有没有未擦干净的血，还真发现了。先前和我一起的朋友，实验室里有能检验血迹的设备，所以我就擦了点儿血给他。真不好意思，我这算是破坏现场了吗？的确应该等你来的，但说实话，我真没想到，日本警方在现在的情形下，还顾得上这么个小案子。”

然后，我又介绍了一下桂勇的身份。

他听林贤民翻译完，对我最后一句的夸赞并不在意，问了山下一句话，山下立刻回答。我差不多能听懂，心里暗暗叫苦。

警察果然皱起眉头，问我：“你的推理看起来很有道理，但是，如果怀疑小偷入室时受伤流血，最有可能的受伤地点是在浴室，击破玻璃时被划伤。作出这种推理的你，不可能想不到这一点。但是，你最先并且唯一察看的地方，是在这里。”

他的手指着衣橱附近画了个圈："而且神奇的是，你真的找到了血迹。能解释一下吗？"

好吧，我意识到，再隐瞒下去，会给自己惹上麻烦。反正我也没触犯日本的法律，顶多就是有点儿匪夷所思罢了。

没法子，我只好把无甲龟的事情一股脑儿地说出来。

林贤民听得眼都直了，在我说到河童的时候，反复和我确认，才敢翻译给警察听。

这位老练的日本警察再也没法子做出胸有成竹的淡然模样，他心里应该知道我没有胡说一气，但还是忍不住质疑道："你是记者还是写神话的小说家，河童？没壳的突变乌龟？"

林贤民把这句翻给我听的时候，讪讪一笑，因为他写的《新世界》倒更像个神话小说。

"你可以在仙台的中华街找到被咬伤的钱德成，也可以去浪江町的那座桥下看看我和那家伙的搏斗痕迹，上面还有钱德成的血迹。我下午回来的时候，背包里用绳子缠死的无甲龟有一半露在外面，有很多人看见。这些都是可以查证的。"

我笑了笑，又说："当然还有更直观的证据。"

我把手提电脑里的视频放给他们看。

"天哪，竟然真的有这种东西。"山下惊呼。而护士小姐早已看得捂住了嘴巴。

"真是……太神奇了。"这是林贤民的感叹。

"这下事情复杂了。"警察叹了口气说。

他摇着头，眼睛在我们几个人的脚上溜了一圈，说："竟然会是这样，我有点儿轻率了，这现场，唉。"

然后他请我们出去，拿出相机拍了通照片，开始细致地勘察现场。

不久，他有了惊人的发现。

脚印！

其实先前我在浴室里也看见了一个脚印，但当时我完全没当回事，首先印子很浅很浅，其次形状并不是人的足印或手印，所以我根本没往心里去，以为是从前自己或别人弄上去的。

警察撅着屁股，用手电筒里里外外照了一遍，除了这个稍明显的印子外，又发现了其他类似的，这就说明问题了，它是脚印！

但它是什么东西的脚印呢？

我从不知道任何生物会有这样形状的脚，不是圆形或椭圆形的，也没有尖爪或脚趾，完全是不规则的多边形。

"这是在脚上套了什么套子吧。"我说。

"也只有这种解释了。"警察回答。

但有"河童"在前，大家心里都禁不住生出许多联想。

关于指纹的搜索，不能说一无所获，在窗沿上，在衣橱把手上，都发现了痕迹。可这痕迹也十分诡异，有指无纹，或者说是一团乱的纹。那指也不是常人的指，更宽大怪异。

如果是一宗普通的盗窃案，在灾后千头万绪的日本，警察不可能如此郑重其事，但现在就不同了。这位警察刚才对着对讲机叽里呱啦讲了一通，似乎那边在催他去下一处地方。但他结束通话后，并未离开，反而绕到楼外，从那神秘人物破窗而入的地方开始，搜寻更多的踪迹。

随后在窗外的草地上又发现了几处踩压的痕迹。我对比了自己的脚印，这痕迹面积更大，但比我的脚印浅许多。这么说，它的体重未必会超过我，只是脚特别大吗？

痕迹延续到青石铺成的小径上，在三个越来越浅的足印后，就无法再追踪下去了。第二和第三个足印的间距骤然拉大，既然体形不可能变化，那就是这东西突然加速奔跑了。可惜足印太浅，看不出重心，无法进行更多的分析。

“这路通向哪儿，这不是出医院的路吧？”警察指着前方问。

“不是啊，这条路是往三区的。”山下说。

从这里到医院大门要转好几个弯，走挺长一段路，而这脚印是向反方向去的。我在这医院也住了些天，算是熟悉了，看着这条路，在心里盘算了下方位，笔直往前的话，不远处就能见到两米多高的院墙。翻过院墙，就是外面的大街。这应该是通向大街的最短距离，可比走大门快多了。

我把自己的怀疑说了，警察向山下确认后，立刻笔直向前。小径在靠近院墙处拐弯，警察用手电在墙上晃了半天，找到了个疑似蹬踏的痕迹，但并不确定。

“可惜周围街道摄像头的供电停止了，没有工作。”警察说。

然后他问山下，医院的监控设备是否还在正常运转。

“正常运转。”山下说，“可是监控点很少，不知道……”

旁边护士指着来路叫起来：“那边不是有一个？”

在监控室里回放录像的时候，有更多的医生护士知道发生了怪事，都拥过来，把小小的房间挤得水泄不通。

这个监控镜头正对着那个神秘盗贼经过的道路。按照常理，不管他跑得有多快，都会被镜头捕捉到。

屏幕画面分成四块同时播放，每块五分钟，从我离开房间去见桂勇开始。这样以正常速度，五分钟能放完二十分钟的画面，那么多双眼睛盯着，别说四组画面，九组画面都不会把目标漏过去。我总共离开约半小时，这四组里没有，就在下四组里。十分钟之内，我们就能看见那长了怪手怪脚的家伙是何方神圣了。

六分多钟后，左下角的屏幕里，一道模糊的人影闪过，速度快得惊人。

倒回去，一帧一帧地重放，那人终于现形了。

现在能用“人”来形容，因为它穿着人的衣服，灰色的套头衫，黑色的裤子，背上一个大口袋。我特别注意它的手脚，手一直缩在过于宽大的衣服袖口里看不清楚，脚上没穿鞋子，而是赤着的。那不是一双人脚，在飞快的奔跑跃动中，每一帧的影像都不太清楚，但所有人都能这样确定。因为那脚的轮廓太过奇怪了。联想到我屋里留下的那些印痕，它并没有穿什么鞋套，它的脚就是这么一副诡异的怪模样。

监控镜头所对的方向是它的侧面，帽子兜着头，拍不到它的脸。它出现在镜头里时，正是一个奔跳中的起跳，身形在空中掠过。一帧帧过去，以它的动作趋势来看，恐怕不等这一跃落地，就蹿出镜头了。它跑得真是快，百米一定在十秒之内，甚至能有猎豹的速度。

就在我们每一个人都认为，它会以这样的姿态跃出镜头时，它竟仿佛知道镜头在那里，扭头往镜头看来。

它的头一点一点转过来时，我的心也提了起来。

那会是一张怎样的脸?

正面!

尖叫声骤然响起，在场所有的女护士齐声惊叫，那声音简直要把人的心都绞碎了。

我的心跳也停了一拍，不是被尖叫声吓的，而是那张脸。

没有脸。

没有眼睛，没有鼻子，没有嘴。那上面，满是怪异的隆起和凹陷。

这和那种重烧伤病人的脸不同，那种脸上，至少还留下了原本是眼睛和鼻孔的几个窟窿。

但它没有。

这还是脸吗?这不是脸吧。

这不是一个人!

它已经跃出了画面，惊叫声还在持续。外面传来很多脚步声，许多人被这尖厉的音波吓到，要赶来看个究竟。

门突然被推开了，当头冲进来的竟是梁应物，陈果紧随其后，然后才是一名医生。

一名停止尖叫的护士，开始哭了起来。

第五章
零号失踪事件

哪怕是无面人再次出现在这段监控中，甚至是个幽魂出现，我都不会如此惊讶。实际上，画面里出现的东西本身一点儿都不奇怪——一个长长的大拇指。大拇指上有口香糖，按在镜头上，于是就什么都看不出了。

警察已经走了。

他带走了监控录像，这件事显然已经超出了他的能力范围。

“在现在这种情况下，我们没有太多的人手，又没有造成财务损失。”这位警察斟酌着说。

“没有关系的，没有关系的。”山下连声说，“现在，我只希望平平安安就好，这怪物最好别再出现在医院里。至于是不是要把它抓住，我可从来没有想过。”

我想，山下大概心里对我有些埋怨，好心腾出病房给我住，还为我提供这么多帮助——比如那辆电动自行车。结果我跑去浪江町背回个无甲龟，最后惹出这么个不人不鬼的怪物来，搞得现在医院里医生、护士人心惶惶，等到了明天，还不知会有什么版本的故事流传出来。我私下里悄声问林贤民，日本神话传说里，有没有这种没脸怪物。他青白着一张脸，说没有吧，从没听说过。

“多半这个案子会从我手上移交出去的。”这是警察走前的最后一句话。我心里琢磨，日本是否也有类似X机构的部门呢？应该也是有的吧。

现在我回到了自己的房间，浴室的玻璃窗还碎着，明天会来换掉。我和梁应物坐着，陈果站在梁应物身边。她不肯坐，说站着就好。瞧她的神情，对梁应物很是尊敬。

先前在外面人多嘴杂，根本就没有机会和梁应物好好说话。

“来的很快啊。说吧，什么事？”我一边吃着护士小姐先前送来的饭（其实早已错过了正常的晚饭时间），一边不客气地对梁应物说。

“安德鲁把事情告诉我了。”

“安德鲁，安德鲁是谁？”

“哦，就是桂勇。”

我皱了皱眉，怎么都想不到，这家伙转手就把我卖了。

“你别误会，他只是事先告知我一声，毕竟我们和他们现在是相互合作的状态。否则，你明天作为他们的临时研究员出现的时候，我们不也一样会知道。”

他这么说，让我释然了一些。我想怎么自己这回走眼得这么厉害呢，桂勇看上去不像这样的人嘛。

“你们和他们在合作？他倒没有提起过。”

“现在有九个来自不同国家、地区的研究组在日本，我们之间都是合作关系，泛合作。”

梁应物语速很快，把这些草草解释完，换了副郑重的表情，问道：“先前的惊叫是怎么回事，警察为什么来，我在旁边好像听见说有什么东西被偷了？你的东西？监控录像到底录到什么了？”

“这么多问题。”我眉头一挑，“桂勇没说？”

“他只说会接受你成为他们的研究人员。”

我笑了笑：“我今天下午去了浪江町一次。”

说到这里，我瞧了陈果一眼，果然她的脸色一变。看来她已经去中华街找过钱德成了。

“抓了只河童。”我接着说。

“什么？”陈果大惊。

“怪不得桂勇会同意你成为研究员，是以河童为条件吧。这么说，是河童被偷了？”就在陈果惊讶的当口，梁应物已经迅速把事情理清楚了。

我把事情的经过说了一遍，然后他又很细致地问了许多细节，无甲龟的模样，头是什么样的，爪是什么样的，走路的姿态又是什么样的，速度和爆发力怎样，等。他甚至让我在纸上画无面人的指印和足印。我一一满足，其实心里很不耐烦。

“还有什么要问的，结束了没有？”最后我说。

“没有了。”梁应物说。

我做了个请他们出去的手势。

梁应物冲陈果点点头。陈果从手提包里取了台手提电脑出来，放在写字台上打开。

“这是干吗？”我说，“不早了，我要睡觉了。”

梁应物指指我的饭碗：“你的饭还没吃完呢。”

我几口扒拉完，“啪”地把筷子拍在桌上。

“脾气这么大，还能耐心地把事情告诉我，很感激呀。”梁应物说。

“噢，毕竟我们也认识这么些年，你又资助我来日本采访，这点儿面子总是要给的。”我用讽刺的口气说。你不仁，我却守着基本的道义，看你心里过意得去不！

“不得不说，你这招曲线救国出乎我的意料，居然单枪匹马抓来了个突变生物，从海勒国际那里打开了突破口。既然你明天就会去临时研究中心，有些事情也未必能瞒死，所以就为你省点儿调查时间吧。怎么样，关于最先那封邮件里的照片，不想听？”

“反正我总会知道。”我嘴里这么说着，却不再轰他们出去。

“有些细节，别人不会知道。”梁应物说。

这时电脑已经启动完毕，陈果打开了一组照片，就是曾给我看的那些，但有着更多的角度。

梁应物指着船上的一张照片说：“这是三月十二日上午，地震次日，福岛县以东约九十海里的一艘渔船。接下来的两天，有许多渔船捕捞到这种不明生物。它们漂浮在海面上，最初渔民以为是水母，捞上来才发现，是从来没见过的东西。”

“这是在震后发现的第一批不明生物，我们从渔民手中全部收购了，总数达到一百一十八具。”陈果补充说。

“不明生物？”

“因为还不能完全确认到底是突变生物，还是此前未发现的物种。”陈果解释说。

梁应物说：“捞起来的时候，已经没有生命迹象。当时有三个猜测：一是因为突变而死亡的生物；二是海底某种我们未发现的生物，因为地震而大批死亡。”

“哦，居然还有第三种猜测，是什么？”我忍不住说。

“第三种嘛，其实恰是海勒国际的团队提出的可能性，这也许是一种无意识的植物，又或许是蛋白质集合，从来就不具备独立生命。”

植物我能理解，可是蛋白质集合是什么，类似阿米巴原虫的聚合体吗？

“类似珊瑚吧。”陈果说。

梁应物侧了侧头，这个动作表示他对这种猜测并不以为然。

“然后呢，你们进一步的研究结果是什么？”

“我们把所有的这种生物收集起来，找了个冷库冰起来，取了其中一件放在研究中心里研究。这种生物自离水开始就迅速变形，等到运回岸上，实际形态已经和刚捞起来时大不一样。所以我们做的第一件事，是通过电脑还原它们的本来面目。”

梁应物说着，示意陈果翻动照片。

屏幕上出现了一张电脑效果图。这张图让我看得一愣，不禁问道：“这是你们还原出来的样子？”

“是的。”梁应物说。

我有点儿理解桂勇他们为什么会提出第三种猜测了，因为这看上去实在不像是生物，更像是件人造物品。

应该怎么形容呢，就像一张地毯，一张椭圆形的，在两头各有一些毛穗子的地毯。地毯的中间，还有差不多十个孔洞。这么样一讲，是不是听上去就像张破地毯，但这的的确确是最贴切的形容了，只不过这地毯是半透明的。

“这张毯子什么尺寸？”我问。

梁应物愣了一下，反应过来后，笑笑说：“我们称之为零号生物。宽三到四米，长七到十米，厚度十至十五厘米。推测活体时，身体有很强的弹性。”

零号？这东西的形状，和阿拉伯数字 0 倒也挺像的。

“那，它有内脏、有大脑吗？它的进食、排泄和消化器官在哪里？”

“放在实验室里的那具，在很短的时间里就脱水至结晶化了。这种细胞的变化我们还是第一次见到。这给我们的解剖制造了很大麻烦，实际上就是无法解剖了。通过对一些截面的研究，能见到不同的细胞组织，但也只有从外观上作此判断，结构都已经因为结晶化而被破坏掉了。我们能作出的判断是，第一，未见明显的器官组织；第二，它的某些部分也许曾是中空的，里面曾有类似血液的液体。”

然后梁应物看了我一眼，又说：“基因比对的结果，零号生物和一些软体无脊椎动物比较接近。就目前的比对结果，最接近的是水母，基因相似率达到 93.7%。”

我不知道他这一眼是什么意思，耸耸肩说："93.7%？这说明不了什么问题。"

人和黑猩猩的基因相似度在98%~99%，而人和老鼠的基因相似度也有95%~98%，所以和水母93.7%的相似度，并不能确认它和水母有多近的关系。

"还是有可能的。"陈果说，"水母是活化石，出现的时间比恐龙还早，可以追溯到六亿五千万年前。这么长的时间里，进化出了各种各样的形态，比如常见的水母寿命只有几周到一年，但在加勒比海发现的灯塔水母，会从性成熟期倒退回幼年期，并不断重复这种状态，理论上不被天敌吃掉或得病，就能长生不老。"

我笑起来，这女孩在很用力地表现自己，大概是想尽快成为X机构的正式成员吧。

"我知道，灯塔水母，据称是世界上唯一能长生不老的生物。所以呢，你是想说，水母之间的差异如此巨大，所以不管进化出多奇怪的东西……"

说到这里，我忽然想起一件事，全身瞬间如过电般战栗起来。

我不禁看了梁应物一眼，他也在看着我。

他知道我在想什么。我也总算明白了他先前那一眼的含义。

陈果没有觉察，接着我的话说："没错，这么悠长的岁月里，水母进化出了许许多多的分支，其中大部分都还没有被人类发现。照片里的零号，很可能是生活在深海海底的水母分支，因为大地震的关系死去，尸体浮上海面。"

然后陈果点开了另一张图片，说："我们模拟了零号各种可能的运动状态。"

她一张张图片切换着，在这些图片上，有的是两端的触手在行走或捕食，有的是薄薄的身体扭成S形来获得前进的推动力，还有的是两端的触手连接起来把"地毯"变成了圆筒状。

"因为柔软的身体，零号可以做出许多匪夷所思的动作，这些造型有的非常奇怪，但说不定它们就是这样生活的。"

“几乎具有任何外形的可能性，不是吗？”梁应物说，“也许这些照片上的想象，和真实的它们比起来，根本算不了什么。”

“你……是因为这个，才给我发那封邮件，让我来的吗？”我问，声音低沉。

“你不是以想象力丰富著称的嘛，原本，梁主任是想，你也许可以给我们更多的解读角度。对于完全陌生的生物，也许这种角度的重要性并不比专业知识来得差。”陈果说。只是她并没有把自己的心思掩盖得很好，稍挑起的眉头，表示她并不认为我能起到什么决定性作用。

“是的。”在陈果说了这一通之后，梁应物缓缓地答道。

他说的，和陈果说的完全不是一回事。我知道！

“地震的第二天，就发现了大量的零号生物的尸体。用突变失败死亡来解释，首先时间上来不及，核辐射的催化作用不可能这么大；其次突变总是种群中的个案，哪怕一个种群都受到了同样剂量的核辐射，也不可能全都突变，更不可能全往同一个方向突变。最有可能的解释，这是原本就存在的生物，因为地震的原因而死去。”梁应物说。

他叹了口气，说：“也许我的推测不对，所以请你来看一看。”

陈果说：“这次地震有太多颠覆性的发现，一些原来看似铁律的规则也在变化，所以我们也拿不准了。照说所谓的突变，也是在大尺度概念下说的，生命周期短的生物比如昆虫，会在第二代上有所体现，而生命周期长的，比如哺乳类，要几个月才会有能观测到的变化。但这次不同，短短几天，在靠近辐射源的地方已经观测到一些细微的变化了，比如陆续发现了提早破土的蝉，改变性别的鲑鱼，几十个小时内换壳两次的暴长至五十克的红虾，这已经是正常红虾的五倍以上了。当然，这和你发现的完全改变形态的无甲龟还不能比。所以在连续出现特殊例子的情况下，也还不能断言说，这批死亡生物肯定和核辐射无关。”

其实陈果说的这些，完全在另一条平行线上，她不明白我和梁应物心中所想。

梁应物之所以会想到我，是因为海底人。

那是九年前的事情，当时我刚开始接触这世界的神秘一面。那是一个生活在大洋深处的高智慧种族，遵循着一条和人类完全不同的进化道路。而我之所以会知道他们，是因为一场爱情。不是我的，是一个名叫苏迎的广告女郎，和一名海底人中的杰出人物之间的爱情。那几乎就是人鱼故事的翻版。当然，他们有了一个不错的结局，这位海底人通过一种特殊的装置，将自己类人化，终于可以和苏迎生活在一起。那一段故事，我很多年前就写在了名为《变形》的手记中。

那一次，水笙——那位海底人自取的人类名字，他亲口告诉我，海底人是由水母进化而来的。这件事情梁应物也是知道的。海底人有强悍的生存能力，这生存能力中就包括利用其柔软的本体，模拟变化成其他东西的能力。

梁应物怀疑，这些死去的生物和海底人有关。因为我和水笙的交往，他希望我过来看一看。

只是大海茫茫，九成以上的生物都不在人类已知的生物谱系中，贸然出现一种未知生物，他怎么一下子就能怀疑到海底人身上呢，这也许是另一种没有智慧的深海无脊椎生物呢？

想到这里，我心中一凛。得知海底人存在是二〇〇二年的事情了，我怎么忘记了X机构是一个怎样的存在？知道了地球上还有这么一种高智慧生命后，肯定会想方设法地要接触、要进一步研究。这么多年过去了，他们一定得到了更详细的资料，所以梁应物才能作此判断吧。

那一次之后，我和梁应物再也没有谈起过海底人的话题，彼此都不知道各自在这方面有没有新的发展。实际上，我至少有五年没有和水笙、苏迎联系过了。所以即便我来了，这生物还在的话，也帮不了多少忙的。

然而，以我对海底人的了解，这是一个个体进化到极致的种族，如果以人类标准衡量的话，都是超人了。即便这样的大地震对人类是个大灾难，可对于海底人来说，会严重到死很多人吗?

陈果自顾自地说着，我和梁应物各怀心思。她到底也是个聪明人，放慢语速乃至停了下来。

“谢谢你的介绍。”我说，“不过，最关键的部分呢？”

陈果看看梁应物，梁应物冲她点点头。

“实验室的那一具零号迅速结晶化，所以我们决定从冷库里解冻一具新的。”陈果说，“那是在三月十六日一早，你到日本的前一天。冷库是我们向渔民租用的，日本的近海渔业，现在算是完全停摆了。”

她小小地感叹一句，接着说：“我们大概是在早晨九点到达冷库的，开门后，里面已经空空如也。冷库是我们十三日租下的，十四日深夜一点左右，所有收集到的零号生物陆续入库完毕。因为冷库里没有安装摄像头，而能够在低温状态下工作的特殊监控设备一时间也买不到，所以我们只能每隔十二小时左右，派人去看一次零号的状态。”

“其实就是陈果每天在作观测记录。”梁应物说，“这倒不是防盗，说实话我们完全没有防备这点。原本是怕这种生物有我们不知道的特性，在低温环境中会不会有什么异变。”

通常温度越低，生命的活性也越低，更不用说这些冰入冷库的零号生物都已经失去了生命。但进入X机构这么多年，梁应物接触过的神秘事件比我要多得多，自然知道，在这个世界上，一切都有可能发生。所以他这种安排，显得小心谨慎。只是这种小心谨慎，不防最后竟被盗走，等于辛辛苦苦把窗户、烟囱堵死了，人家却一脚踹开了正门。

梁应物自己也苦笑了一下，显然是我的表情让他知道了我在想些什么。

“我十五日晚十点去过冷库，待了约半小时，所以零号的消失应该发生在十五日晚上十点半到十六日上午九点之间的十个半小时里。”陈果说。

“等等。为什么你会用‘消失’？”我问，“不是失窃吗？”

“是失窃，但是……”陈果停顿了一下，似乎在选择用词，然后说，“我给您描述一下详细情况吧。我们租用的是一座中型土建冷库，总共存放了一百一十七具零号生物。这些生物死后，躯体收缩并呈螺旋状扭曲，每一具长度在五至六米，扭曲后直径约五十至八十厘米，重量在三吨至四吨。”

“这么重？”我脱口而出。

一头成年大白鲨体长六米左右，重量通常也不会超过三吨。而这脱水后的零号生物，重量竟能达到四吨？这也太离谱了。难道这些家伙生前有十吨左右的体重？这怎么可能，这么薄的一张“毯子”，哪儿来的这么大分量，脱水后不到一吨才是正理啊。

“的确重得异常，还好我们的实验室里还保留了少量结晶，在日本我们缺少设备，已经送回国内研究了。”梁应物说。

陈果眉毛微皱，盯了梁应物一眼。我便知道这恐怕本是不该对我说的情报，甚至很可能是在瞒着日方的情况下，偷偷截留小部分零号身体结晶送回国内的。

梁应物毫不在意陈果无声的质疑，说：“所以，冷库里的这批零号生物总重在四百吨左右，运进去的时候，五辆大卡车用了好多个来回才运完。这么大宗货物的失踪，实在很难用失窃来形容。”

“当时我到达冷库的时候，发现门口的大挂锁不见了。打开冷库，一瞬间我简直以为自己跑错了。十小时前还堆得满满当当，十小时后什么都没有了。冷库在二本松市，靠近市区，并不是很冷僻的地方。那里在核电站三十公里撤离线外，所以同一条街上大多数居民都没有撤离。日方事后作了比较细致的调查，出事的晚上，没有人听见街上有卡车开过的动静。那边夜里非常安静，而且灾后人们非常敏感，许多人失眠，任何一点儿响动都瞒不过去的。”

陈果说到这里，摇了摇头，又说：“其实并不是没有一点儿响动，住在冷库旁边的人家，有人听见了持续了几十秒的声响。判断应该是冷库电动门升起来的声音。除此之外，就没了。”

“电动门升起的声音，那很响吗？”我问。

“其实很轻，估计有四十分贝左右，如果是在白天的话很容易忽略。”陈果回答。

“你是说，四十分贝的电动门升起的声音都被听见了，随后四百吨的东西被运走却没有人听见？”我吃惊地问。

“就是这样，事实上，现场没有发现任何痕迹，冷库内没有重物拖拉的迹象，库外也没有车辆的轮胎印。可以这么说，就算这些零号生物又活过来，自己走出去，也会留下痕迹的。这四百吨的东西，就像是在空气里蒸发了。要么，它们不是在海水里游，而是可以在空气里游走！”

陈果越说眉头皱得越紧，可见她其实在这宗消失事件上已经花了很多心思，但仍一无所获。

“目前在冷库失踪案件上能掌握的线索，一是夜里两点三十分左右的电动门声音，二是监控。”

“有监控？”

“这冷库有自己的柴油发电机，这也是我们为什么选择它的原因，不会受电力供应紧张的影响。同时在库门前有一个监控镜头，用的也是自己的电。监控镜头拍下了奇怪的画面。”

陈果随即给我放了这段监控录像。

这是个红外监控镜头，加之附近有路灯，画面相当清晰。陈果直接把时间拉到了出事的时段，画面右下角是时间，夜里两点三十二分四十一秒，离奇的事情发生了。

哪怕是无面人再次出现在这段监控中，甚至是个幽魂出现，我都不会如此惊讶。实际上，画面里出现的东西本身一点儿都不奇怪——一个长长的大拇指。大拇指上有口香糖，按在镜头上，于是就什么都看不出了。

怎么会突然出现一个大拇指呢？正常情况不应该是先看见一个人，然后再看见他伸出大拇指吗？

“监控镜头离地多高？”我问。

“两米三。”

“那人是怎么做到的？”

陈果摊摊手：“不可能做到。或者用超现实的思维，有两个可能：要么他是个橡皮人，站在离镜头很远的地方，至少四五米之外，然后把他的手臂拉长延伸到镜头旁，当然得注意角度，别让手臂进镜头，再这么一按，就成了；要么他是蜘蛛人，贴着墙水平移动到镜头旁边，再伸手一按。”

我摇摇头，又瞧了梁应物一眼。这两种在陈果看来荒谬的可能性，作为从水母进化而来的海底人，恐怕都是可以做到的。

梁应物冲我耸耸肩。

我的脸烧起来。我突然意识到，为什么他会出尔反尔，在我来日本后刻意避开了。

他怀疑那个拇指的主人是海底人，甚至就是水笙。在零号生物没有失踪前，我和海底人水笙的交情，会为破解此种生物的谜团提供帮助。但是零号生物莫名失踪后，我的这层关系就会给我惹下大麻烦。除非他和我都绝口不提海底人，但这样一来，我的加入就没有了任何意义。

想一想，这些对 X 机构和日本相关机构都非常重要的生物样本被偷走了，而我可能是唯一和嫌疑人有关系的人，一旦我介入会有多大的麻烦，可想而知啊。

他在保护我，结果我还对他生了这么大的气。

我冲他咧了咧嘴，表示抱歉。

“其实呢，还有第三条线索。”梁应物说，“口香糖是被嚼过的，有干了的唾液。但是抓不到人，光有唾液样本是没用的。”

“但这唾液……是人的吗？”我问。

“口香糖作为证物，被日方拿去了。”梁应物说，“不过，这么说吧，如果那口香糖是黑猩猩嚼过的，唾液干了之后再送去检测，你也很难检测出那是黑猩猩嚼的。所以我是对这条线索不抱希望的。”

“那么，在你们研究中心实验室里的那具零号是怎么没的？”

“这一具啊，嘿，至少过程还能说得清楚一点儿。”

陈果告诉了我第一百零八具零号生物失踪的经过，这一起失踪事件，和冷库里的四百吨零号消失事件比，是完全不同的另一种诡异。

三月十五日早晨，陈果是带着实验室的结晶化零号生物的解剖残留部分来到冷库的。原本的打算，是把货车上的零号卸下入库，装一具新的走。然而就在工人要卸车时，货车突然启动。这时候，陈果还傻站在空荡荡的冷库里，听见动静冲出去后，货车已经绝尘而去。

接下来就是一番大动静，日本警方立刻调动起来，很快自卫队也加入进来，围追堵截。但由于整个道路监控系统还处于瘫痪中，救灾警力又严重不足，导致围堵的效率下降。一直到自卫队调动了直升机，这才把疯狂逃窜的大货车完全锁定。在最后一刻，眼看就要堵住了，货车却冲入海中。

“在货车坠海处的岸边，发现了先一步跳车的货车司机，昏迷。这名司机现年三十五岁，有妻有子，家庭状况稳定，且司机这份工作的收入对其家庭非常重要。无精神病史，无自杀倾向，近期无重大挫折。他从二本松市一路向东，穿过川俣町、浪江町直到南相马市的海岸边，在四十多公里的疯狂逃窜中，有多名目击者证明，开车的就是他本人。”

我越听越奇怪，问：“你说这些是什么意思，这司机活下来了吗？他身上出了什么问题？”

陈果说：“活下来了，但是他清醒之后，完全失去了之前两个多小时的记忆。他说自己把车开到研究中心，等候我的时候打了个盹，醒来后就在海边了。而且，他已经通过了测谎与催眠。”

“两个可能，要么有另一个人穿相同的衣服在开车……”

“不可能。”陈果打断我，“他是在研究中心等候我的时候打盹的，在那之后他全无记忆。实际上，我后来还和他说过话，礼节性地问候了几句，绝对是他本人无疑，不可能是别人假冒的。”

也不是没人能做到这一点，我心想。此时不和她争辩，说：“第二个可能就是他被某种方式控制了，这种控制比一般意义上的催眠更隐蔽，也更强力，甚至有可能是生理层面的。有没有请……特殊一点儿的人看过这个司机？”

在我认识的人中，就有两个人可以做到这一点。一是精通幻术近乎妖的路云，二是深谙心理暗示的夏侯婴。而且这样级别的非人，更可以在当事人身上挖出寻常催眠师挖不出的东西来。至于生理层面的控制，已经死去的突变生物脑太岁就可以做到，不过被脑太岁控制的人，会在身体上留下神经驳接侵入的伤痕。

“这是在日本，我们不好多插手。反正目前得到的消息，是在这司机身上没有任何进展。你怎么不问那辆货车掉进海里以后怎么样了？”

“我猜，不是这最后一具零号不见了，就是整辆车都不见了。”我说。

陈果眉头一挑，“哈”了一声，说：“被你猜中了，等到中午调来潜水员下水，发现车还在，货没了。”

“中午潜水员才来？”我问，“算算时间，车掉进海里到潜水员来，之间得有两小时吧。这两小时有人看着现场吗？”

“当然，警方、自卫队、我们、日方研究员，一堆人呢。”

“就没人先潜下海去看看？车冲进海里，难道恰好是水很深的地方？”

“倒不是。当天有风有雨，货车坠海处原本水深在七至八米，但因为新沉降过，水下的地形变得很复杂，就这么下海会非常危险。”

“沉降？你是说那里是沉没之地？”我吃了一惊。

“离那天我们去的直通向海的长街，往北不超过一公里。不过那儿本就是海，只是沉降后变得更深了。”

沉没之地这个名字有一种天生的神秘感，让人觉得，这一大片沉在水下的街区，藏了许多不为人知的秘密。其实我也知道，零号生物在水下的神秘失踪，多半和所谓沉没之地扯不上什么关系，那儿应该只是片沉浸在海中的城市街道而已。

尽管这样告诉自己，我还是忍不住问了一句：“那辆货车的行进路线有目的性吗？”

陈果怔了怔。

“几乎是一条直线。”梁应物回答。

“那么最后坠海的地方，是离冷库最近的海岸吗？”我紧接着问。

“略差了一些。我也考虑过这个问题，这辆车的目的到底是只要入海就行，还是说，必须是特定的入海地点。但现在很难判断，拿尺子在地图上量一下，从冷库到海的最近距离，和现在坠海的位置只相差了十公里左右，这点儿距离说明不了问题。本来就不可能真的笔直开，何况当时天上有直升机在赶，地上有警车在追。”梁应物说。

我舒了口气，说：“原来是这样。”事情经过算是了解了，按道理，我该向梁应物道个歉，但陈果在，许多话不能说。

梁应物笑笑说：“本来嘛，这次过来，是想看看你抓到了什么好东西，顺便再向你解释一下零号的事。现在无甲龟没了，零号的事也解释过了。”

听他的口气，似是要告辞。没想到，他停下来想了想，说：“要不你也别当什么海勒国际的研究员了，明天我领你参观一下。反正现在话说开了，也没什么可瞒你的，你就不必借他们这个壳了。看今天无甲龟这事情，我总觉得，许多事和我们原先想象的不一样。首先无甲龟这东西是不该出现的，甚至陈果刚才说到的巨大化的红虾等，这些变化都不该出现，核辐射没那么大威力，我敢说，后面还藏着东西；其次呢，先是零号生物整批失踪，又有无甲龟被盗，以后指不定还会发生什么，好在这一次它总算露了面，不像上次那样来去无踪。怎么样，这些你有没有兴趣，我需要你的运气来破解这一切。”

“我的运气？”我嗤之以鼻，“靠运气的话，我早就挂了。你有资源，但我有这个。”我指了指自己的脑袋。

“没有运气的话，中国那么多记者，怎么偏偏就你撞见这么多怪事，手记一本接一本地写，靠这个就挣了不少钱吧。我早就说了，你身上有股怪运。指什么脑袋，你是要和我比学历吗？”

“是想象力！”我怒道。

“这倒是，书读得太多，头脑难免被束缚。”他这话是没错，但我怎么听怎么觉得，他是在说我书读得太少。

这么笑骂一阵，原本因为误解的隔阂自是没有了，那些许歉疚也烟散云散了。两个人之间，终于恢复到嬉笑怒骂的老友状态。

日本大地震以来出现的奇特生物，零号之后就得数无甲龟了。红虾之类的变异，勉强还在人的接受范围之内。但零号和无甲龟，特异之处就太多太大了。这两者接连失踪，其中肯定有关系。零号那宗案子，十之八九也是无面人犯下的。幸好无面人露了形，否则梁应物怕是依然不会邀我参与，因为无面人的出现解除了海底人的大部分嫌疑。海底人可没有理由会把自己伪装成无面人的那副鬼样子。

但真的与海底人无关吗？那一具在海里消失的零号，总让我心里有一缕抹不去的疑虑。这具结晶化的零号保留了大部分躯干，足有两吨重，这样一件东西卡在货车里，要在短短一两个小时里，在水文情况复杂的海域将零号拖走，除了海底人，还有什么生物能做到吗？

“回去后，我会和桂勇打个招呼。明天一早，还是让陈果来接你。”梁应物说。

“我倒想先去看一看那座冷库。”我说。

“行，看看你能发现什么。”

第六章
散落在空气中的信息

十根手指张开，仿佛在用力。蓦然，一个人影从池里升起来，带着四散的水珠，带着“轰”的一声闷响，落在冰池前。

“你好，水笙。”我说。

第二天上午，我在梁应物和陈果的陪同下，来到了位于二本松市的冷库。日本的市在行政规划上相当于中国的区县，县反倒相当于中国的市，一县有多市。别看这些天，我从这个市到那个市，有时一天会跨几个市，如果换到上海，等于一直在市内转，都还没到江浙呢。

这是附近区域找到的唯一能正常运转的大型冷库了。多数水产品冷库都在靠海的码头边，地震、海啸一来，全都瘫痪。剩下的一些大多没有自主发电设备，靠电网供电，只能来电的时候制冷，停电的时候靠保温。

这个冷库本是日方临时租用的，在零号失踪之后，日方彻底清查了冷库，没有发现任何线索，于是在三天前退租。现在冷库已经又被租出去，今天是特意和租用者打了招呼，带我来看一圈。我想，不管是梁应物还是陈果，都不指望我真能看出什么门道来吧。

其实我自己也没抱什么希望，但作为第一起神秘失踪事件发生的现场，不来看一看，总觉得心里没底，感觉会漏掉什么似的。至少到了现场，我可以知道冰库多大、什么结构、什么颜色、门的材质、外立面的模样、监控器的准确方位及周边情况、对门的是什么建筑、两侧又是什么建筑，等等。这些细节看起来对破解消失之谜没有任何帮助，实际上也可能如此。但是很多时候，当调查一步步深入，甚至又发生了许多后续的事件，手上掌握的资料、情报越来越多后，说不定第一现场某个当初觉得平淡无奇的地方，回过头来一琢磨，就成了关键线索。

自己走一遍，和看书籍、影像资料得来的印象是全然不同的。就像我在捉无甲龟时在桥下干的傻事，我是真的相信，有许许多多的信息如碎片般散落在现场，它们微弱而难以觉察，但总会在关键时候给你提示和灵感。

冷库是座方形砖块似的建筑，钢混结构，外立面刷了黄色的涂料，使它看上去不那么冰冷，比较柔和。街道不宽，很干净。附近的房子多是两层，看不出地震给建筑带来什么影响，日本房子的抗震性在全世界都是出了名的。

曾被口香糖粘住的监控镜头位于冷库大门的西侧，镜头斜对着大门，直接安装在墙上。周围两三米没有方便攀爬的地方。当然也许口香糖的主人带了梯子之类的器具，贴着墙——那是监控器的死角，走到侧下方，架好梯子爬上去。这必须得非常小心，免得梯子或者自己进入监控镜头，实际上这一方式能否成立，必须自己试过方知。

我是不打算试的。因为从人的行为模式来分析，会携带器械来解决监控问题的人，一般不会用粘口香糖这么随意的办法，更可能的是剪断电线。而昨晚我看见的那个粘口香糖的拇指，给我的第一感觉就是随便。随便就意味着轻易，对那拇指的主人来说，这样一个动作应该只是举手之劳，而不会是辛辛苦苦搬了架梯子搭在下面，缩着屁股贴着墙往上爬之后做出来的。

给我们开门的人迟到了近半小时，这在守时的日本人中很是罕见。她连声道歉，然后开了锁，按动电钮把门升了起来。

这是个身材臃肿的女人，戴着口罩——这是现在福岛县市民的标准配备了。她的绒线帽子压得很低，下面是一双瞳孔很大的眼睛，看上去怪异又呆滞。我想她戴口罩的原因大约和其他人不同，因为她露出来的面部皮肤，比如眼角和鼻梁，是红色的一块一块的斑，像是曾受过非常严重的烧伤。

“不好意思，田中先生和你说过了吧，我们就进去看一眼，不会待很长时间，应该也不会对里面的温度有什么影响，麻烦了。”陈果对她说。田中就是这座土建冷库的主人。

许是听出了陈果的口音，她迟疑了一下，问：“中国人？”

陈果说是。然后她换了中文，说：“哦，我也是啊。我是上海人，家里都叫我回去，我倒觉得这是个机会，现在冷库的租金便宜了一半啊，各种水产三文鱼啊虾啊，那价钱一个月以前想都不敢想。我库里的这些可都是没有受到辐射，绝对是震前就捕到的。”

这时，冷库门已经完全升起来，里面还有一道门，这是出于保温的设计。

“哎呀，忘了自我介绍，我姓袁，袁世凯的袁，袁莉，茉莉的莉。这冷库里零下四十摄氏度，你们穿这点儿不够的，这里有备用的棉大衣，都穿上吧；有皮帽子我这儿也有，不戴帽子的话耳朵都要冻掉的。可惜我这里没口罩，要不我给你们借两副去？”

陈果是戴着口罩的，我和梁应物都没有，这时都连声说不用。

袁莉不知是天生嘴碎，还是见了同乡的缘故，唠叨个不停。偏偏她的声音难听得很，一副公鸭嗓，总让人觉得她每说一句话，都是撕裂着声带说出来的。我心里像有毛虫在爬，却又不能让她住嘴。我都不敢介绍自己也是上海人，怕她借此说更多的话。梁应物和陈果都不发一言，显然也一样烦得很。

她又开始说起自己的生意经，无非就是趁着价低的时候吃进，存一段时间出手。这是要冒一番风险的，现在国内的报纸都在拿核辐射后的食品安全问题大作报道，来自日本的人都要被检测放射性，别说是食品了。看起来袁莉有自己的渠道，至于合不合法就难说了。

她说这番话可能还有另一层含义，就是表示自己的生意全指着这冷库，不可能让给我们。一般来说借出去的冷库，人家是完全没有理由带我们参观的，恐怕是X机构或日方的什么部门施加了些压力。现在把话先说给我们听，好绝了我们强租冷库的心思。

我们每人披了件棉大衣，戴了帽子，第二道门开启，寒冷的白雾喷涌出来。

整个冷库有一百多平方米，只存放了几十箱的水产，空得很。

“这两天马上会有更多的货运进来啦。”袁莉说，“本钱小啊，好不容易有这个机会，怎么都要搏一把的。否则，就这么逃回国去，有什么意思，别人背后指不定怎么说呢。你们是不知道啊，我从小就想要做生意，但女人可真是不容易……”

我们嗯啊地应付着，根本不敢接她的话茬儿。可她竟有本事，一个人这么叨叨下去。

冷库里有一个长方形的用冰块做成的冰池，有五六米长，两米多高。这冰池在陈果租的时候还没有，她显然是犹豫了一下，但还是怕了袁莉，没问。结果，袁莉看到我们的目光转到冰池上，主动夸耀起来。

“这是我想的主意，停电的时候啊，就把东西都搬到这个大冰柜里，这样就能多撑好久呢。”

“不是有柴油发电吗？”陈果忍不住问。

“用不起那东西，而且这种时候，如果没有特殊渠道，哪儿弄那么多柴油来呀。这就叫冷库里的冷库，我估计，有这东西，至少能多顶一天。多一天，说不定电就来了。”她说着还走到冰池边，想引我们细看，我们连忙摆手表示不用。

袁莉有些悻悻然，冷不防脚下一滑，狠狠一跤摔在地上。这场面着实好笑，陈果都忍不住低声笑了出来。我离得近些，忙抢上去拉袁莉起来。地上着实滑，特别靠近冰池的地面结了薄薄的冰。我拉她的时候自己也险些摔倒，忙用手在冰池上撑了一把，才避免了两个人在地上滚作一团的可笑局面。

这一摔让袁莉大失面子，话也少了起来，我们总算能耳根清静了。不过这冰库着实看不出什么来，我把每个角落都看了一遍，不管有用没用都尽量记在心里。在征得袁莉同意后，也拍了一些照片。不一会儿，脚底就又麻又痛，估计再待下去就要冻伤了，陈果也在不停地跺着脚。于是就谢过了袁莉，离开冷库。

告别的时候，袁莉用了日本人的礼节，给我们鞠了一躬。搞得我们也只好鞠回去，然后逃离。

梁应物开车，陈果和我坐在后排。

“怎么样，有什么发现？”陈果问我。

“我只是来看一下，没指望有什么发现。”我说。

“哦。”

我笑着摇了摇头，心里想，这女孩肯定觉得，我这个有着许多传闻的家伙，看起来并不怎么厉害。

反正我自己也不觉得自己有多厉害。

陈果笑起来。

怎么这样控制不住，我想，没有发现很好笑吗，好笑有必要表现得这么明显吗？

陈果往我身上指指。

我一看，一根头发挂在肩膀上。居然还是根长头发。

“医院的护士？”她笑着问。

我摇摇头，拈着这根黑发瞧。发质很好，没有发根，是被剪断的。我记起了，刚才在袁莉身上也见到断发了，那是在弯腰鞠躬的时候，挂在她的肩膀上的。

这恰好印证了我对于碎片信息的一贯想法。我看着袁莉鞠躬的时候，她肩膀上有断发这个信息并没有进入我的主观意识里。但现在由眼前的这根头发，牵了出来。所以，许多细节我们收集到了，但是没有被大脑第一时间注意。

我当然没和哪个护士暧昧，手上的这根头发只可能来自于袁莉，看来她刚剪过头发。

陈果还在意味深长地笑，拿眼睛瞟我。但我没有分辩什么，这根头发牵出了许多信息，我还想不清楚。

很快，又有新的信息加入进来。

这信息来自于我拈着头发的手。

手掌上有一层东西，像是……

我转过头去，面对着窗外，假装看街景，偷偷舔了一下手掌。

我的脸顿时抽了抽，这味道……咸到发苦。

这只手，只是在那冰池上撑了一把而已。袁莉为什么要拿这么高浓度的盐溶液来做冰池？

而她还声称自己资金紧张。这得很多的盐啊，也是笔钱呢，肯定有特殊且必要的理由。

是什么呢？

我闭上眼睛，头靠在坐椅上，假装睡觉，脑海里，这许多线索交织起来，那里面藏了些至关重要的东西！还有袁莉的那一跤，她为什么会摔那一跤？

渐渐地，清晰了。

“到了。”

不知过了多久，陈果说。

我睁开眼睛，先前竟然真的睡着了。

这是南相马市的一家综合医院，我被要求不透露医院的名称，就以南相马医院代称了。

尽管和友和在两个市，但其实距离不远。这也是我会被安排住进友和的原因，起初梁应物把我请来，当然要找个方便交流的住所。

医院一幢三层的门诊楼被征用了。在这样的时候，征一幢医院的楼是要对民众严格保密的，这也是我为什么不能说出医院名称的原因。否则日本政府会非常被动。

很多原本不属于医院的先进仪器被集中搬进了这个临时中心。当然，临时改成的研究中心，再怎么把高端机器搬过来，也肯定比不过专门的实验室。这样做的好处是最靠近第一线，但我相信这不是主要的原因。一来日本不太方便把最先进的生物实验室向全世界的那么多团队开放，二来需要有一个足够大的地方，让所有人在一起工作——这只能是多方妥协的结果。

我的进出证明都已经办妥，算在梁应物这一方的名下。验看的是自卫队队员，这也说明了此地的秘密级别。进门的时候，我瞧见另一位正在办理证明手续的老年白人，有点儿眼熟。梁应物轻声说，是古德。我心头一跳，原来是他，这是生物学界的大腕，著书立说，是已经在生物学史上留下名字的人。

“他怎么来了？”我问。

“很正常，还会来更多的人。就像我对你说的，现在在日本正在发生着的生物突变是前所未见的，超出了现在的生物学体系，这里面大有文章可做，一些基础理论很可能都会因此修正。最开始来的，相对领域狭窄一些，只是核辐射引发生物突变的相关研究小组。随着情况的发展，整个生物界都已经震动了。昨天陈果说的那些蝉、红虾等的变化，在你看起来可能不算什么，但对生物学家而言，可是了不得的大事件哪。”梁应物说。

我看着古德办完手续，被几个人接进去，说：“我看过他的书呢，是不是应该找他签个名？”

“有的是机会。”梁应物回答。

“我一直没问，你们第一时间就来了日本，也是在做和生物突变有关的研究吗？”

“辐射对生物的特殊催化作用已经被验证许多次了，这种催化是各个方面的，并不单单是突变。比如青海白公山那一次，那株金属植物对核辐射的反应，你还记得吗？”

我点头。

“我们自己，关于这方面有许多研究，也在做实验，但再怎么实验，哪里比得了日本这一次。这是天地间的大实验场，我们的实验，一次几个样本就算是了不起了，可在这里，从海洋到陆地甚至天空……”梁应物用手画了一个大圈，言尽于此，没有再说下去，但意思已经传达得很明确了——成千上万的生物种类，数以亿计的生物，都在这个大实验场中。

这幢楼在短时间内进行了一些内部改造。现在三楼是各国研究人员的住所，二楼是各团队的研究室，大家都或多或少地带了自己的设备来，比如离心机、DNA测序仪等，可以进行一些基本的分析研究。一楼则是一些由日方提供的实验设备，包括比较大型的无菌室、净化工作台、培养箱等。我在照片中看到的最初存放那一具零号的实验室，就在一楼西侧。此外，日方还提供了一台超级计算机的部分运算份额，各团队每天可以进行申请，按需分配。

我本该是非常期待此行的，然而此刻却心事重重。因为一些原因，我不想把自己的想法告诉梁应物和陈果。他们领我参观了一遍，走马观花，看在眼里，却没进心里。

在二楼，我们在海勒国际的研究室里待了一会儿，和桂勇以及他团队的其他人打了招呼。我的注意力在这时总算集中了一点儿，问他昨天带回去的血液检测结果是什么。

“两份样本都很有价值。”桂勇说，“无甲龟的体液分析，基本可以确认，该生物和你给我们的两副龟甲中的一副有密切关联，其中较小的龟甲曾经是无甲龟的外壳。它的体液细胞有了神奇的变化，简直难以想象。这让我不禁怀疑，人类是否真的有可能穷尽生命的奥妙。它的细胞活力强大，甚至在离体那么长时间之后依然存活，并且相互吞噬。它们还在变化中，这种突变并没有稳定下来。这个无甲龟很快就会发生新的改变，或者死亡。可惜的是样本太少了，如果活体在就好了。”

“另一份呢？那个偷走无甲龟的家伙留下的血液呢？”我问。

“那是一种我们从没见过的血型。与其说发现了一种罕见的人类新血型，我倒更倾向于相信那并不属于人类。”桂勇说。

“倾向于相信？那是你没看见医院的监控录像，看见录像的时候，所有人都不认为那是个人类。”

“从血液样本看，这两个生物有一个共同点。”

“什么？”我很意外，桂勇竟然会得出这样一个结论。

“它们都不稳定。”

“你是说，偷走无甲龟的无面人，他的细胞结构也不稳定？”梁应物也忍不住问道。

“嗯，归根结底是基因层面的不稳定，随时会崩溃。后一份样本的不稳定程度甚至要比无甲龟更高。”

我和梁应物面面相觑，难道无脸人竟也是一种突变生物，这怎么可能？

当然，这么一点点血液样本，还是有着不确定性，桂勇也不敢把话说得很死。

我只在“长海医院”的研究室里待了一小会儿，比在海勒国际那里更短。因为那里一个人都没有。

“怎么都没有人？”我看着梁应物开锁进门，里面是一台台叫不出名字的仪器，却不见一个人影。

“都待在这里有什么用，撤出去了。”梁应物说。

我一想也对，X机构派出研究小组来这里，红虾之类的生物突变倒不是说看不上眼，但难以对他们有足够的吸引力。而且研究红虾的人多了，如果能捕获活的零号或者说无甲龟，甚至无脸人，对他们来说才是最重要的。这次来日本的X机构成员恐怕都不是纯粹的书斋式实验员，而是像梁应物一样的行动派。日本辐射区现在有越来越多类似河童的奇异传闻，其中总有几分是真的，如果能抓到一个，那就是重大的进展突破，没准儿梁应物还能再升一升呢。上一次零号是在日本海域被日本渔民先发现的，X 机构怎么都捂不住，必须得照规矩和日方共享。如果梁应物撒出去的人有什么发现，我才不相信他会共享出去呢。肯定能捂就捂，不能捂就偷运回国继续捂。

这空空的房间也说明了梁应物的地位。所有人都撒出去了，但日本行动的最高负责人肯定不会也出去，梁应物还在这里，无疑他是全权负责的人。

梁应物在房间里打开电脑，查看了今天最新的共享信息。一楼水箱里的五只突变红虾已经死了两只，其他三只再一次脱壳，体重都突破了一百克。负责红虾研究的一支美国团队认为，这三只红虾突变之路的尽头只能是死亡，它们应该最多再脱两次壳就会死去，原有的生物系统和暴增的体形之间有太多东西不可调和。

“实验室里的五只红虾可能都会死去，但整个附近海域成群的突变红虾中，可能有存活下来的，那时将出现一个新的虾类物种。”梁应物评价道。

我同意他的看法，但对我来说，红虾的命运并无意义，我心不在此。

梁应物拿了几张纸给我，说：“这是一些资料的收集整理。”

我接过来一看，都是各种各样的奇怪生物目击，或者是无法解释的怪异事件。一眼扫过去，比如海边的巨大声响啊，蟑螂集体死亡肢体残缺啊，屋内出现的微小飞鸟幻影啊。

“照例是只能在这里看，不能带出去的。但要我说，这上面的东西没什么意义。地震后人人都惊魂甫定，许多人出现了心理问题，这种情况下，误报的概率大大上升。”

我扫了一眼，上面果然多有语焉不详之处，照着这上面去查找，十扑九空。这大概就是梁应物撒出去的人正在做的事情，如果真如他所说，一有什么消息就会通知我的话，那我只要等着就行。

陈果笑着说：“其实今天这么看一圈，也是开诚布公，这下你心里踏实了吧。你又不是真的研究人员，现在的情况，来这里也没什么实际意义。”

“我们正在努力地寻找新的突变生物，日方和其他一些团队也在做相同的事。以这些天各种消息的增长趋势，”梁应物指了指那份小道消息整理资料，说，“我估计很快就会有确认的线索的。”

“本来我都已经逮到一只了，结果还这么诡异的被偷掉了，真他妈的。”

“我接到的消息，这案子已经从日本警方手上转出去了，今天他们临时召集了各个领域的人作分析。呵呵，一个看片会。”梁应物说。

“这些人里甚至还有写本格推理和科幻小说的小说家呢。”陈果耸耸肩说。

她似乎有些看不上这些小说家在这里面的作用。但……我也只是个记者啊。想到她一贯表现出的对我过往事迹的向往和崇敬，嘿。

梁应物没说“他们”到底是日本的什么部门，但我心领神会。X机构连“他们”召集了什么样的人看监控录像分析无甲龟和无脸人都知道，触角够长的啊。

“说到无脸人，我一直疑惑，他怎么这么快就能知道我抓到了无甲龟。我想来想去，要么我的电话有人监听，要么我住的地方有人监听，再就是桂勇这里泄了密。但我也不方便细问桂勇。”

梁应物点点头说：“桂勇那里，我去了解一下。不过还有另一个可能，就是无脸人能以某种方式确定无甲龟的位置。像生物信号之类，比如气味、脑电波。”

我打了个冷战：“如果是这样的话，那么这个无脸人活动的区域就在友和附近了。”

“甚至有可能就在医院。”陈果说。

我咧了一下嘴。

“至少我可以帮助你排除一项可能。”陈果转过脸问梁应物，“主任，记得我们带了探测窃听装置的设备吧。”

梁应物点头：“你去三楼拿一下，一会儿给测一测。说实话，我觉得这个可能性并不高。”

陈果送我回友和，仔仔细细拿仪器测了一遍，很肯定地告诉我，没有任何监听设备。我目送她离开，真想让她把车给我留下。我必须再跑一次二本松市，难道还骑电动自行车吗，单程至少也要两个多小时呢。

陈果前脚刚走，林贤民后脚就来拜访。我想他是要和我聊无甲龟的事情，昨天我对警察说的时候，他惊讶得连眼珠子都要掉出来了。我本以为昨晚上他就会找我问个清楚，也许是被无脸人吓蒙了，一时缓不过气来。

但他竟根本没提什么无甲龟、无脸人，反而一脸兴奋地捧着一沓打印件给我。

“从昨晚写到今天，那老师你给看看，评价评价。这 次是有很多故事情节的。”他说。

我现在真的没有心思看这东西，但林贤民一脸渴求倾诉表扬的模样，我要真让他放下小说回去，肯定会让他非常扫兴的。

我把打印件接过来，顺便问他如果乘坐公共交通，从这里到二本松市需要多长时间。

“一小时多一点儿吧。怎么您要出去呀，那我就不打扰了。”

“哦，没事。”我看了看表，“一小时的话，我吃了晚饭六点半出去就行。一会儿麻烦您告诉我具体怎么乘车。”

“没问题，我给您先写下来。”

林贤民密密麻麻写了一张纸，其实换乘并不麻烦，但他写得极细致周到。我谢过，然后按下焦急的心思，听他讲新写的故事。令我意外的是，这些故事竟出奇的好，听着听着，还真听进去了。

“在一个地方，就似地球上的南极。居住在那儿的蝌蚪人，每隔一段时间，会有一场比赛。他们要穿越极艰难的路途，一直到达南极的中心。在那儿，有一团翻滚的水雾，在水雾的中心，有一颗永不会融化的冰珠。取到这颗冰珠并带回来的蝌蚪人，就可以与最美丽的蝌蚪公主有一夕之欢。在那一夕间，他们也许会诞下最有活力的后代。

“有一次比赛，照例是公主所有的爱慕者都参与其中，结果也在意料之中，最勇敢、最强壮的一个，取回了美丽的冰珠。可是，回来的人中少了一个。但这并不出奇，路途艰难，常有遇难者。死亡，对于蝌蚪人来说并不是什么大事。

“就这样很多年过去了，一代又一代的蝌蚪公主，一次又一次的取珠比赛。故事开始时的那一个，已经到了最绽放光芒的年纪——也就是说，随时可能死去。在那一夕之后，她有过许多个伴侣，也有了许多孩子。

“在一个茫茫的早晨，当年失踪的‘遇难者’回来了。他从南极周围奔涌的水波云雾中现身，浑身斑驳，长长的尾巴上全是伤痕。在尾巴的梢尖上，卷托着一颗冰珠。那并不是南极中心水雾里诞生的冰珠，而是传说在世界尽头的另一处水雾中的珠子。那是只流传于故事中的另一处水雾啊，在不可触及的极远处。那远处，就像是地球上的北极。

“他把这颗北极的冰珠献给当年的公主。如今这位公主盛开如女神，而他同样是最强盛的年纪，却是个耗尽了气力的旅人。他说，当年的那场比赛，有那位最强大的蝌蚪人在，他明白自己不可能获得胜利。他的爱如火焰，他想要亲手取得冰珠，他想到了传说中世界尽头的另一处水雾，那儿没有竞争，只是路途漫漫，几乎不可及。于是他去了，一去便是一生。他未曾料想到，这一路所经历的，是当年那位比赛获胜者都不敢想象的坎坷与磨难，回顾这一切，他难以相信竟能活着回来。

“部族里所有的蝌蚪人都围拢在一起，听他讲述传奇。他去往世界尽头，又从世界尽头返回。他遇到了许许多多的外乡人，也有无数的艳遇。但他从不停留，那么多年的旅程，使这旅程本身已经渐渐成为他生命的意义了。他说完自己的传奇，在众人面前把冰珠献给自己的女神。她现在的伴侣和儿女们都慢慢退让开，所有人开始离去。然而关于他的故事，从这一夜开始，被无数人传唱。

“第二个茫茫的早晨，他从她的身边离开，没入水雾中。那是一个新的方向。当年的公主醒来之后，身边已经没有人。她回到自己的家中，尾巴轻轻地拂过自己的伴侣和儿女，然后追随他而去。没有人知道他们是否相遇，也没有人再看见过他们。”

林贤民的讲述轻缓、悠扬，如同诗人的吟唱，他仿佛在说他自己的故事，又或是一个流传了千年的传说，那是从他心底里流淌出来的声音。

我轻轻地鼓掌，但不禁有些疑惑，就问道：“很好的故事，很美。但是，和你之前构架的世界，你之前设定的蝌蚪人的性格，似乎有些不同啊。”

林贤民歇了一会儿，再次开口，仿佛刚从一个遥远的梦境里挣脱出来，还有着片刻的恍惚。

“没有不同啊，这就是蝌蚪人。”

“但你不是说，蝌蚪人的世界里，因为随时会有毁灭降临，所以他们的生命是最热烈最狂放的，生命就是一场狂欢，他们随时会改变原先的决定，投入新的情感中去，朝秦暮楚再正常不过吗？”

“这并不矛盾。朝秦暮楚，是说他们的生命历程，随着自己的心意而变，他们是最能遵循本心的人。为了寻一颗冰珠给爱的人而付出一生，这样的决定还不够随性吗？而拿自己的一生去随性，这一种坚守，才能在那个世界化为传奇。他并非要以这颗冰珠求得公主的垂青啊，他生命的意义已尽在这次旅程中，所以他把冰珠送给公主之后，又踏上了自己的旅程。这样的人生，真是令人神往啊。”

他这么说着，脸上油然而生向往的神情，好像这故事不是他想出来的一样。

或许对他来说，真的存在这个世界，存在这段历史呢。这当然不是说林贤民的精神病还没好。对于许多伟大的作家来说，相信笔下的世界，甚至被笔下的世界和人物所影响，是一件再正常不过的事了。林贤民虽然文字水平还差得远，但至少他和文学家们有了一个共同点。文字水平是可以训练的，但有些东西得靠天赋。我忽然觉得，他这样一直写下去，说不定真能成气候呢。

天色暗下来的时候，我从友和出发。靠着林贤民精准的路线指引，我用了一小时十五分钟，再次来到了那条小街。

冷库就在面前，我抬头看了眼监控镜头，冲它咧嘴一笑。

风卷着寒气往我的脖子里钻。白天里太阳的温度早已冷却，早春的一点点暖在这个时刻完全感受不到。现在大概只有几摄氏度，面前的风仿佛夹带了冰碴儿，我打了个寒战。

怎么会这么冷？

下一刻我发现，冷库的门并没有关死，而是升起了差不多三十厘米，冷气就是从那里面吹出来的。

我蹲下去，脑袋凑着门缝往里瞧，里面的那道内门完全开着，有光。

街上人很少，我等了一会儿，趁没人的时候，飞快地平躺下，挤进门里。我的鼻尖离钢门的下沿只有一厘米，如果这时门忽然砸下来的话，我就完蛋了。

幸好什么都没发生，我挪进门里，一骨碌站起来，然后眼前突然一黑。

冷库里的灯熄灭了。

无声无息，我陷于黑暗中。

“有人吗？”我问。

声音来来回回地在冷库里碰撞，然后渐渐重归于寂静。

没人回答。

冷气弥漫，就着灯灭前的那一眼，我瞧见里面的那道门依旧开着，寒冷从那儿向外侵袭，把我包裹住，我觉得关节都有些僵硬了。

这是零下四十摄氏度的冷库啊!

我摸着门，向旁边移动，尽量不发出声响。人暗我明，为安全起见，我不想待在原先的位置上。冷库里没有窗，灯一关，唯一的光源就只有外面街道的路灯了。路灯光从外门底下那尺许高的缝隙里透进来，很微弱。我花了几秒钟才在黑暗里适应，看见了这些许的微光。只是如果有人守在里面的冷库里，往外看，我站在门前的双腿就会非常明显。

我摸到了门边的衣橱，停下来，贴着衣橱往前走。衣橱里放着我们白天穿过的棉衣，但我现在当然不能去穿，开衣橱门的动静太大了。而且，初入黑暗的慌乱平复后，我现在觉得也没有那么冷。要我估计的话，也就比街道上低个五六摄氏度。

往里走得越深，门缝里透进的光就越弱，它无力穿透太多的距离。当我对着外门的方向看时，还能依稀看出物件的轮廓，而当我面向着内门，那里面黑洞洞一团，就像只巨兽的嘴。

我一脚一脚地前进，人在这种时候，就会生出许多无稽的心思。比如我就不由得会想，右手拂过的那些衣橱的门，门里会不会藏着什么东西，会不会有一扇门突然打开，什么鬼东西会从里面探出只爪子。

我说服自己，这些都是不可能的。那个关灯的人，肯定还在内门的冷库里。

我在内门前停住，深吸了一口气。

刚才灯熄灭时的一声问话，没有等来回音。冷库里是没有其他出口的，那个关灯的人在等什么？等着我再往里走，然后进行突然袭击吗？

站在冷库内门口，寒气一波波涌出来，但也没有白天那么冷了，现在冷库里，不会低于零下十摄氏度。那个人如果穿了足够多的衣服，可以在里面待很久。靠寒冷是逼不出来的。

我想，之所以冷库内门大开，外门也开了条缝，就是为了使温度尽快地升上去吧。

我穿的是皮鞋，刚才走得再如何小心，仍不免有轻微的声响发出。除非我现在把鞋子脱了走进去，否则总会弄出声音来。

我现在要想想清楚，即便我能悄无声息地走进去，那么我想要干什么呢？找出里面的人，一下子把他制伏吗？里面的人……如果我猜得没错的话，还是不要动武的好。

我把今天上午来这里时所见所闻的一切细节，都在脑子里过了一遍。

然后深呼吸。

我掏出手机，调到手电模式，弯腰把手机放在地上，往前一推。

手机滑动了三四米后停下，发出荧荧的光，周围几米变得隐约可见。我反而向后退了一步，这样，接下来有什么变故，我也有反应的时间。

做了这一串事情，里面仍没半点儿动静。

"咳。"我清了清嗓子，然后开始说话。

"我……"我刚说了一个字又停下来，犹豫着接下来该说"是"还是"叫"。

"我是那多。"我这样说道。

"我是一个人来的，没有人知道我来这里。今天上午，我和同伴来过这儿。当时，一位叫袁莉的女士接待了我们。是你在里面吗，袁莉？"

没有人回答我。

"我就当你在了，袁莉。上午的时候，我们只在这儿待了很短的时间。在我原本的预计里，我本该在这里待上更长的时间，多看看，多问问。毕竟就在不久之前，这里发生过一件非常奇怪的事情。你知道我说的是什么，对吧。我既然决定来现场，当然不是来走马观花的。可说实在话，今天我确实走马观花了，就因为你，袁莉。今天白天我所见到的那个袁莉并不漂亮，又热情得过头，话多得让人受不了，而且声音不怎么美妙。这真的是你吗？还是你特意设计的呢？"

"你成功了，我们匆匆忙忙地离开了。但我后来回想时，如果你不是早晨表现的那样，而是……比如更安静一些，我会有很多问题要问你。毕竟有许多的疑点，而且你的商业计划太不寻常，作为同胞，关心一下再正常不过。比如我会问你，你为什么会来日本，来了多久了；比如我会问你，为什么你这么快就找到了这座冷库，要知道，这边前脚刚退租，你后脚就承租了，中间才空了多久，一天还是两天？比如我会问你，是什么让你如此冒险，你所谓无辐射的水产是什么时候从哪里进的货，又打算通过什么渠道卖出去；比如我会问你，你在冷库中还造了这么大一座冰池，但回想起来，你似乎没有造梯子之类的设施啊，那需要的时候，你怎么把水产放进冰池，过后又怎么把水产从这么深的冰池里取出来呢？还有许许多多的疑惑，我们都没有问，包括一起来的那两位同伴，我们只是想快一点儿从你的面前逃开。

“如果这是你隐藏什么东西的方式，我只能说，你真是太了解人的心理了，做得真漂亮。可是，你为什么要这么做，你在隐藏什么？”

我的声音在冷库里回响盘旋着，没有一丁点儿回应。但我知道，在黑暗的某处，有一双耳朵在听着。

也许还不止一双耳朵。

“上午，在回去的路上，我在身上发现了一根头发。当然，那不是我的头发。我想是你的头发，对吗，袁莉？我在你的上衣上还见到过几根。头发没有根，是被剪断的。你刚剪过头发吗？”

当然没有人回答我。

我笑了笑，接着说：“这可就奇怪了，我们约定今天上午九点见面，但你去剪了头发，因此直到九点半你才露面。这是在守时的日本，你一点儿都没被日本人影响到吗？更何况，早晨九点，你去哪里剪的头发？这里附近有这么早开门的美发店吗？是你自己剪的吧。自己急急忙忙地把头发剪了，因此迟到了半小时，呵呵，这让我想到很多。

“我捡到的这根断发，很长，很黑，很有光泽。看得出来，平日里被你很好地保养着。很难想象，一个不喜欢长发的女人，会这样保养自己的头发。而且，有哪个女人不喜欢长发呢，有哪个女人会这么狠心、这么匆忙地把自己留了许多年的长发，在一个早晨亲手剪断呢？一定有非如此不可的理由！”

“我想象了一下，如果你没有把你的长发剪短，那么，这头长发会非常的显眼。在我这辈子见过的人里，留有这么漂亮长发的女人屈指可数。然后我又想到，你脸上露在外面的皮肤非常糟糕，再配上你的声音，很像是曾受过严重烧伤。但是你手上的皮肤很好，这就奇怪了，人在受到严重创伤的第一时间，手会下意识地去挡，所以脸伤成这样，手不可能没事。和头发结合在一起想，很容易，对吗？你是在掩藏自己的身份，你脸上的伤不是真的吧？我应该曾经见过你。当然，你的眼睛我没有一点儿熟悉感，但这个世界上，有一种东西叫美瞳，可以让瞳孔变得美丽，当然也可以让瞳孔变得丑陋。”

“当有了一个破绽的时候，其他破绽也就随着跳出来了。你为什么会在冰池边滑倒呢，我注意到那里附近的地上有薄薄的冰。也许是你在造冰池时留下的水，但也有另一个可能，是从冰池里新溅出来的水，如果里面盛着水，又经常有什么进进出出的话。那冰池太高了，我们都没有真的爬上去看一看，里面到底装着什么东西。”

“还有，我回去的路上，无意中舔了自己的左手，发现咸得发苦。我本以为那是我撑冰池的手，后来意识到不是，那是我拉你的手。所以，我是间接地沾到了地上的冰。而我的右手是淡的。这就确认了，你用淡水造冰池，冰点在零摄氏度，而你在冰池里盛的是咸水……或者说是海水，高盐分会降低水的冰点，所以当冰池冻结的时候，里面盛着的还是液体。为什么要这样呢？”

我停顿了一下，在这片刻的安静里，冰库里传来窸窸窣窣的声响。

“所有这些，都汇聚成了你的名字。当然，你不叫袁莉。”我说。

这时候，门的另一边，在冷库的黑暗和手机荧光光晕的交界处，一个人影出现了。那是一个修长的轮廓，荧光照不清她的脸。

那就是袁莉，但她并没戴着口罩，身材也不似早晨那般臃肿。

“苏迎，好久不见。”

“你说错了一点。”她说，嗓音也与白天全然不同，变得低沉柔和。老实说，我对她的声音并不熟悉，毕竟只有过短时间的交往，而且已经那么多年没有见面。我对她印象最深的，是那一头长发。

“我没有戴什么美瞳。我就租住在对面，早晨远远地认出了你和梁应物，一阵手忙脚乱，哪里有时间去买合适的美瞳。”

“那你的眼睛是怎么回事？”

“和我脸上的红印一样，他做的。短时间改变一些表面的生理特征，不过很影响视力的。”

这个“他”，当然就是水笙，我的那位海底人朋友，苏迎的丈夫。

“水笙还好吗？”

“嗬。”苏迎低笑了一声，不置可否，打开了灯。

“你好，那多。”一个声音从冰库的某处传来。

眼前一片光明，白光闪着了我的眼睛，一时看不清楚。

苏迎弯腰把手机拾起来，递还给我。我看清了她的脸，她还戴着帽子，但没戴口罩，一张脸还是记忆中的那般秀美，只是多了些成熟女人的风情。当然，已经没有了那些可怕的红斑，只是神情里有着难以掩饰的疲惫。

我向她一笑，然后望向发出另一个声音的地方。

那儿并没有人，只有一座冰池。

然后，有什么东西从冰池里探了出来。乍一看，像是蓬液体，透明的，从冰池里头甩出来，搭在冰沿上。这液体并没有流下来，而是成为凝胶，却又太过扁平，倒像块无色软布。旋即它扭卷起来，收缩成圆柱形的一条，迅速变白，又显肉色。五条分支从一端生长出来，三五秒钟后，变成了五根长长的手指，连着手指的是一只手，随后这手往下“流”了一截，于是一只前臂就出现了。

一秒钟后，另一只前臂从冰池里甩了出来，也搭在了冰沿上。

十根手指张开，仿佛在用力。蓦然，一个人影从池里升起来，带着四散的水珠，带着“轰”的一声闷响，落在冰池前。

“你好，水笙。”我说。

第七章
海底人

“你还在等自卫队吧，别等了，不会来了。”梁应物淡淡道。

“怎么，梁主任你……”陈果张口结舌，一时不知该说什么才好。

“我补了一个电话给他们，替你的自作主张道歉。现在，这里由我负责，你可以走了。”

“你好，水笙。”我展露了一个笑容，但这笑立刻就僵住了。

面前的这人……姑且以人称之吧，带着沉闷的声响和白雾般飞溅的冰珠子，落在地上的第一刻，因为巨大的体重，原本正常模样的双腿被压得变了形，腿瞬间短了三分之一，相应被压得横着膨胀，像个橡皮人。这变形的腿的颜色也变得混浊，在无色和肉色间变换了几次，其间甚至有一些突触要从腿里撑出来，一个个瘤状的东西像气泡般忽起忽伏。

几秒钟后，这双腿终于又恢复了“人”状。他反手从冰池里拎出了条灰色的大毯子，手一抖，毯子在空气里抽出“嘭嘭嘭”的声响，白色的水雾蒸腾起来，毯子转眼间变得半干，他手腕一转，“哗啦啦”把毯子裹卷在身上。

我目瞪口呆地看着他。我愣住的原因，并不是这一番非人类的表现，而是……我几乎不认得这就是水笙了。

我印象中的水笙，个子和我仿佛，身材瘦削，在我不知道他底细的时候，一度以为他体弱多病。但此刻在我眼前的，是个身高超过二米三、胳膊和腿粗过姚明一半的庞然光头巨汉。只有他的脸，依稀还是水笙的模样。

“你……怎么变成了这样？”我怔怔地说。

水笙并不答话，叹了口气，盘腿坐在了地上。这时，我不用仰视他，终于看清楚了他的脸庞，忽然间，汗毛就竖了起来。

这并不是因为恐惧，而是水笙的面容——那是一股怎样深切的悲凉啊，这情绪是如此的强烈。尽管水笙已经尽量平静，试图掩饰，但还是无可阻挡地给我的内心以重重一击。

他究竟遭遇了多么恐怖的事情？

“不对，不对啊，这究竟是怎么回事？”我记起了一些事情，更是震惊，“你不该是这个样子啊，你不是应该已经是一个人了吗？”

我花了这么长时间才有所反应，是因为刚才见到的种种异象，放在一个深海的霸主、由水母进化来的海底人身上，并不是什么不可接受的事情。但我终于想起来，水笙早已不是海底人了。

他为了能真正和苏迎在一起，通过一具古老的仪器（相关故事见《变形》，此处不再赘述），转变了生命形态。原本他是以海底人之身，模拟着人类的形态，一举一动都要耗费巨大的能量，并且无比痛苦，就好像美人鱼的故事中，那个每走一步双腿都如刀割般疼痛的人鱼小公主。而完成转化之后，他以大幅削减寿命、大幅削弱能力为代价，成了一个人。或者说，略有些特殊能力的飞翔者。

这样一个转化后的水笙，据我所知，能做到的只是在水下的长时间活动，以及关节软化和肢体有限度的伸展。但刚才他出冰池后的种种表现，已经完全是个未完成转化的海底人了。

“我又变回去了。”水笙说。

“变回去了？难道你的人类化过程是可逆的吗？”

他摇了摇头。

“那你怎么变成这样了？”

“他付出了代价。”苏迎说，声音里带着哽咽，“很大很大的代价。”

她靠在水笙身边，水笙伸出手，轻轻地摸了摸她的头。

“对不起。”他说。

“是……海底人出事了吗？你的族人出事了？”我想到了那些“零号”。

“大毁灭，大毁灭，大毁灭……”水笙慢慢说着，声音低沉，神情渐渐变得迷茫起来，仿佛又要沉浸到某个噩梦中去。

“我来说吧。”苏迎说。这时，她反倒变得坚强起来。

这些年，水笙和苏迎周游世界，生活得无比惬意。不过大多数时候，他们还是待在日本。这是因为，在日本附近海域的某处海底，有一处海底人最主要的聚居地。这里也是水笙的故乡，有许多他的朋友。

今年以来，他们一直在日本。三月十日，也就是大地震的前一天，水笙忽然变得狂躁不安。这狂躁的实质是恐惧，苏迎从来没有见过水笙这样恐惧，他一直是个无所畏惧的保护者，对苏迎而言，水笙就是“大丈夫”的最好诠释。这当然有爱情的因素在里面，但以我对水笙的了解，这样一个海底人本代最杰出的能者，一个为了爱情曾多年忍受着每分每秒的巨大痛苦而面不改色的人，从各个方面来讲，都可以算是我认识的生命中最顶尖儿的人物了。

到了三月十一日，地震前的几分钟，水笙忽然崩溃了。

说是崩溃不太确切。这并不是精神上的崩塌，而是整个人忽然间就倒下去，意识混乱，神志不清。

随之而来的是体温的急剧变化，最高时手放在额头上会烫到，人用的体温计直接破表，最低时则只有十摄氏度左右。全身的毛发迅速脱落，皮肤开始起疹子，大块大块的红斑，看起来非常恐怖。

苏迎吓坏了，她从没见过水笙这样。幸好她还存有理智，知道不能把水笙送到医院去，否则这样一个与正常人明显不同的生命，会成为某些机构中永远接受治疗的“病人”。

“最后实在没办法了，我都想试着联系你，或者联系梁应物，看你们能不能有办法救水笙。不过就在这个时候，他醒过来了。”

“我昏迷了大概十二小时。”水笙终于从那种迷茫的状态中挣脱出来，接着苏迎的话头说，“醒过来的第一时间，我就意识自己的身体很不对劲。原本，从基因到每个细胞的状态，都已经转化成了人类，但当我醒来时发现，基因变得极不稳定。当时的我处于一个临界点，往任何一个方向推，就会彻底往那头滑落。可是，我完全顾不上自己身体出现的异变了，那时，我已经有了感觉。”

水笙在醒来的第一时间，不顾苏迎的劝阻，跳入了海中。他要去看一看，他的海底人同胞到底出了什么事情。

“我曾经以为，我们的进化方式和人类截然不同，甚至比人类更高级。人类的文明发展是直冲毁灭而去的，即便人类真到毁了自己的那一天，我们依然会在海底生存延续，就像数百万年以来一样。我没有想到，我们也有毁灭的时候。那是你难以想象的景象，我也……不想描述。”

水笙停顿了很久，又说：“曾经的辉煌，而今已一片死寂。整整三千宽的部族。”

他用了一个我不明白的量词，实际上我也不知道那是个什么字，只是个音节。想必是形容海底人这一处最重要的聚居地有多么庞大。

他说是不想描述，又忍不住要说，然后又停了下来，默默地摇了摇头。

“可是，这次地震的破坏力有这么大吗？照你所说，海底人已经存在了数百万年，你的故乡肯定也已经存在了很多年。难道没有一次地震能赶上这次？”我问。

“不，不是地震。”水笙断然说，“那是另一股力量，一股摧毁性的、充满了毁灭气息的力量。否则，再强烈的地震，或者是海底火山喷发，都无法对我们造成多少伤害。我们可不是脆弱的……”

我猜他想说的是“脆弱的人类”，但卡住了。因为如今的情况，人类还在，海底人却遭到了重创。

“会是核辐射吗？”

“当然不是。那是一种我们不了解的力量。随着地震，从海底爆发出来，我们海底人首当其冲。”

我立刻想到了梁应物所说的，附近生物不正常的突变速度。他也怀疑，有核辐射以外的因素在起作用。

是同一种力量吗？

“可是，你们海底人这次死伤惨重，和你现在的模样有什么关系呢？”我问。

“你错了。”水笙的神情更是哀伤，“不是死伤惨重，而是灭绝！”

我震惊了。

“怎么可能，灭绝？就是黄石公园下面的巨大火山喷发了，人类都不会灭绝；核冬天到了，人类都不会灭绝。再大的灾难，只要不是行星碰撞，就会有幸存者。海底人怎么可能灭绝呢？”

“这关系到海底人的一个秘密，但现在也无所谓了。”水笙说，“在某种程度上，我们是一体的。”

“一体的？你是说，海底人是一体的？”

“是的，我不知道该怎么来和你解释。可以这么说，我们有着共同的种族核心。个体也会死去，但是，就像人体每时每刻都有细胞死去，也有细胞新生一样。”

水笙觉得很难解释清楚这一点，我却有些明白了：“你是说，像阿米巴原虫那样？”

“对。”水笙也知道阿米巴原虫，“但我们进化得比它们要高级得多，我们的个体都有自己的智慧，而它们只有合在一起时才拥有智慧。”

“那你们的种族核心，被这股力量摧毁了？”

“是的。所以，没有人能够活下来。世界各地，所有海洋中的海底人，彼此间都有联系，这本是我们这个种族能存在这么漫长时间的关键，而今，也因此而灭亡。而我，因为已经转化成了人类，虽然基因链的最深处还有种族核心的烙印，还有着一点点的联系，但终究没有死。我……成了种子。”

“种子，什么意思？”

“你知道，我们海底人对于自身的掌控力，和你们人类全然不同。你们发展外力，而我们挖掘生命最本原的奥秘。所以，在我意识到自己的基因处于人类和海底人之间的临界状态后，我……推了一把。”

“你让自己又变回了海底人？那你还能再变回来吗？”我问道，然后情不自禁地往苏迎那边看去。

苏迎默然地摇了摇头。

“再变不回来了？”

水笙点点头。

“那你为什么要这么做，你让苏迎以后怎么办？”

水笙用手捂住了脸。

“他如果不变回去，海底人就真的不再存在了。”苏迎轻轻说。

“他变回去能做什么？”

“最古老的繁衍方式。”水笙的声音从手掌后低低传来，“你能猜到的，最原始、最低级的生命具备的方式。”

“分裂！”我脱口而出。

水笙和苏迎都不说话了。

人类需要两性的结合，母体受孕后诞生出下一代。我们熟悉的绝大多数生物都是如此。而一些鱼类则有神奇的能力，即在种族濒临灭绝的时刻，体内某种人类还不了解的机制开始起作用，让雄鱼变成雌鱼，或雌鱼变成雄鱼，以延续种群。但对于更古老的生命来说，比如变形虫、草履虫，是本体一分为二，甚至一分为多，来延续后代。至今海中的许多微小浮游生命，也是采用这种无性繁殖方式延续种群。

水母也属于浮游生物，但我无论如何都想不到，海底人被逼到了绝路，也能这样。

“分裂之后，你还是你吗？”我问。

水笙缓缓摇头：“我不知道，我没有这么做过，很久很久都没有海底人这么做了。而且我现在根本还没到这一步，我只是在基因层面上推了一把，是不是能完全变回去，还要等一段时间。也许要三年，或者五年。”

“三年或五年之后，你进行分裂，分裂以后，你也许还会存在，也许……”

“是的，而且分裂有很大的可能会失败，失败，就什么都没有了。但是身为最后一个海底人，为了整个种族，我必须这么做。”

说这话的时候，水笙望着苏迎，目光中满是痛苦和愧疚。他花了那么大的代价，放弃了那么多，成为一个人，只因为苏迎，可见他对苏迎的爱深切到了怎样的程度。而今，他不得不作出选择。

苏迎只是用手轻抚他的面颊。

许久之后，我问：“所以，你现在这副样子，就是因为还没有完全变回海底人，加上基因不太稳定所致吗？”

“那倒不是。我是有些脱力了，因为几天前在这里做的事情。就是你先前说的，那件对你们而言‘非常奇怪’的事。”

“居然真的是你，难道说，那些……就是你的族人？”

水笙点头：“我们海底人身体中贮存了大量能量。我们的形态很大程度上是靠能量来维系的，所以海底人死去后，能量消散，躯体就会迅速在海中分解。但在极少数情况下，一些人因为体内能量过于庞大，死去后能量不会消散，反而会让身体慢慢结晶化。这和你们人类会烧出舍利子有些相似。所以，每一具被你们打捞上来的遗体，生前都是族内备受尊敬的长老，我不可能让他们就这样被你们研究。我总要送他们一程。”

“可你是怎么做到的呢？”

“我能感应到那沉寂下来的能量，它们依然缓慢波动着，越来越慢，越来越慢。跟着它们，我就能找到地方。”

“我是说，那么多躯体，你是怎么把它们搬出去的？”

“其实我并没有把它们搬运出去。”

我瞪大了眼睛四下张望：“你是说，它们还在这里？”

“不，它们已经不在了。它们之所以会结晶，是因为体内的能量处于一个稳定状态。我把这些能量都释放掉，躯体就自动消散在天地间了。我们把这称为虹化。只是，一口气让一百多位族人虹化，消耗过大，一下子缓不过来。”

“所以租这个冷库，是为了有个地方好慢慢恢复？这样的环境对你有特殊作用？”

水笙点点头。

“这里面是海水，而且温度保持在零摄氏度左右，和深海中他们的生活环境相似，水压却小了很多。”苏迎解释道，“待在这个冰池里，能让他快速地恢复，再过个一两天就好了。本来还没想到这个主意，他那天偷偷进来把族人的遗躯虹化，然后就觉得这地方其实不错。正好他们很快就退租了，本想着灯下黑的道理，退租后这该是最安全的地方，哪里想到昨天晚上突然说要再来瞧一瞧。本来还没觉得会出什么问题，我就租在对面的房子里，早上在窗户里那么一瞧，看见你和梁应物就知道坏了。然后就一通折腾，又毁容又变嗓，好好的一头头发都剪了，可还是没瞒过你。”

我笑了笑：“毕竟太仓促，但你的心理战玩得很漂亮，如果不是注意到了那根头发，我还没那么快反应过来。那个……我们要在这里聊吗？还是有点儿冷，你们就租在对面的话，要不过去好好说说话。我们也很久没见了，没想到一见面，就是这样的情形、这么大的变故。还是说，水笙现在不能离开冰池？”

“没关系的。”水笙说。

“别去对面了，我们换个地方吧。”

我大吃一惊，那并不是我们任何一个人的声音。声音从我身后发出。

水笙猛然站起来，我迅速转身。

伴随着一阵吱吱声，原本只留了一道三十厘米高缝隙的大门，正在向上升起。

说话的人就站在门外，咖啡色的平底女鞋，褐色的挺直女裤，过腰的米色短风衣，微微拔出来的下巴，抿着的薄嘴唇……门在继续往上升，她背着路灯光站着，其实并不能清晰地看见面容，但那一张脸，依然清楚地在我的脑海中显现。

是陈果！

“你怎么会在这里？”我问，“你……跟踪我？”

她一步踏进来，站在门内，没有回答我的问题，对着水笙和苏迎说：“不要反抗，我十分钟前就通知了自卫队。现在自卫队已经控制了周围，你们逃不出去的。”

水笙扫了我一眼。

“嘿……”

我刚要分辩不是我把陈果领来的，水笙的大手拍拍我的肩膀：“当然不会是你。”

“早上回去的路上，我就看那多的表情不对劲。多了个心打电话查了一下，昨晚你们连夜买了好多箱水产运进冷库，吵得半条街的邻居都睡不着。这水平，可比你把那些同族虹化那天差多了啊。”

陈果的口气里有掩饰不住的得意，她这一功，怕是足以让她变成X机构的正式成员了吧。

“好在我观察得仔细。那多老师，你在车上舔手的时候，虽然是背着我们的，但是车窗的反光出卖了你的这个动作。我就想，为什么？”

我沉着脸，盯着陈果。水笙则握住了苏迎的手，正和她眼神交流，不知要作何打算。

“联想到之前那根头发，显然，那多，你有所怀疑。而怀疑的对象就只有你——袁莉了，哦，应该叫你苏迎。我也听过你的名字，当然还有水笙。我算是彻底明白了，为什么梁主任会力邀那多你来日本。还是梁主任高明。后来虽然你绝口不提自己的发现，但疑心一起，随便一查，破绽就露了出来。水笙先生，你把零号生物就这么不声不响地弄消失了，总要给我们一个交代吧。”

“你没有证据。”水笙沉声道。

陈果哈哈笑起来：“看看您自己吧，您就是证据，还需要什么别的吗？”

“你十分钟前就通知自卫队了？”我问。

陈果咯咯笑着。

“十分钟之前，我们根本还没有谈到虹化的事，你只是确认了水笙的身份，就呼叫了自卫队？”

“那还不够吗？”陈果满不在乎地说。

让人恶心的秘密机构作风。我心里想。

“不用和她多说什么。”水笙冷冷道，“你如果以为我元气大伤，只能束手就擒的话，就大错特错了。”

我感觉到周围的空气盘旋起来，那是他们操控能量的表现吗？

眼前突然一花，高大的水笙已经不在原来的位置，带着无比的冲力向前扑出。那气势，就像巨浪，甚至像海啸。如果我在他的正面，恐怕会被震慑住而一时无法行动。

陈果显然受过专业的训练，她躲避的动作甚至在起风时就开始了，也唯有那样，才能躲得过去。

她就地一滚，从怀里掏出一支枪。

“停，别逼我开枪。”

她的枪指着的并不是水笙，而是苏迎。

水笙只能停住。他的右手臂已经变得有两条手臂那么长，五指指尖泛着白色，已经离陈果脖子仅一尺远，停下的时候，陈果的脖子上竟已经破皮出血。这简直就是武侠小说中的内家高手了。不过我猜，其大概的原理估计是把体内的能量延展出去，压缩一定距离内的空气吧。

他这是一气之下要把陈果杀了吗？多年不见，他下手可是狠了许多，再不像当年了。

如果枪指的是他自己，他根本就不会在乎。但指的是苏迎，以他现在的状况，看来没法保证在陈果开枪的一刻保证苏迎的安全。

“其实不用这么激动，也别说得那么难听，什么束手就擒，那并不是我的意思。”陈果的语速有点儿快，显然她心里也七上八下，并不安稳，但持枪的手一动不动。

“老实说，您把您的同族都虹化了，再追究也没什么意思。我们只是非常好奇这次导致海底人悲剧的原因，希望您能配合回答一些问题。”

水笙“嘿”地笑了一声，说：“如果是我刚来到陆上那会儿，没准儿还会相信你的话。”

“这是实话，您不用这么提防，其实……”

我忽然一跨步，挡在了苏迎的前方。

“那老师，你这是干什么？就算你挡住了苏小姐，我依然可以威胁水笙先生，我想他不是置朋友生命于不顾的人，对吗？”

不得不说，陈果的反应非常快，立刻用话僵住了水笙。

但我的本意，并不在此。

“陈果，以我这些天对你的了解，你是个做事很稳当的人。”

“谢谢夸奖。”陈果微笑着说。

“所以，你的反应让我非常惊讶。既然自卫队已经包围了附近，在遭遇攻击的时候，你为什么不选择逃出去交给自卫队解决，而是用枪指着苏迎呢？你该知道水笙不是常人，你这样的威胁会把自己置于险地。”

“是吗？我可不觉得。而且灰溜溜逃出去，把一切交给自卫队，这可不是我的风格。”陈果说。

“嗬，说到自卫队，我怎么一点儿动静都没有听见呢？难道说他们会在远处看你表演，到关键时刻才出现，像那些愚蠢的电影情节？”

陈果阴着脸。

我并不指望陈果回答，接着说道：“我本来猜根本没有自卫队，但是一想你插话的时机，你是在我们要离开时现身的。你不想我们转移到对面去，那样多少脱离了你原本的计划。所以你应该还是通知了什么人，但他们没有按时出现，所以你要拖住我们。想想你说的这些话吧，都是废话。”

水笙一扬眉，一闪身挡到了我的面前。这下变成人挡人，挡在最前面的，变成了他。

陈果不禁后退了一步。

“你通知的是谁，是梁应物吗？”

“不是我。”新的声音从陈果身后传来。

陈果吃惊地转头，看着梁应物。

“梁主任，你怎么会……”

趁着她转头的当口，水笙抢上两步一甩手，鞭一样敲在陈果握枪的右手上。痛呼声中，枪飞上了天，下一刻被水笙接住。

“你还在等自卫队吧，别等了，不会来了。”梁应物淡淡道。

“怎么，梁主任你……”陈果张口结舌，一时不知该说什么才好。

“我补了一个电话给他们，替你的自作主张道歉。现在，这里由我负责，你可以走了。”

“但……为什么？”

梁应物扫了她一眼：“你不必知道。此外，对你的擅专行为，我会记入考评中。”

陈果低下头，说了声“是”，然后又说“对不起”，再抬起头，已经是一脸诚恳的表情，和我们一一道歉。

我叹了口气，这样的掩饰，谁会看不出呢，还是太年轻了。

陈果转身离去，梁应物又把她叫住。

“把东西拿掉。”

我不知道他说的是什么。陈果向我走来，又道了声歉，然后伸手到我的脖子后面。我感觉后领被动了一下。

“原来你不是去给我检查监听设备，而是趁机在我身上安了个窃听器！”

又是一声“对不起”，陈果简直温顺得可怕了。

梁应物挥了挥手，让她走。然后他转回身，冲我笑了笑，又冲苏迎和水笙点了点头。

“看来我那一番表演，一个人都没有瞒过去啊。”苏迎说。

“你这样处理，不会有什么麻烦吧？”水笙问。

“她，我还压得住。不过，这里你们还是别再待了。”

梁应物开了车来，我们几个人上车，他一路开到海边，那儿靠着一艘摩托艇。尽管日本自卫队对自家的近海看得很紧，但想必水笙总有法子躲过去。

一路上，梁应物又问了些关于海底灾难的事情，眉头紧皱。

水笙扶着苏迎上了摩托艇，挥手作别。这一去，不知还有无见面的机会。夜色中，看不清苏迎的表情。她不再笑了，刚才的那些笑多少有些勉强。她只能故作轻松，好让自己和伴侣的最后几年，能过得快活些吧。

“其实我还是有些好奇。”梁应物最后说，“我知道你重新转化为海底人，有了许多神奇的能力。冰库里的海底人躯体消失是被你虹化了，可卡车上的那具零号是怎么回事，你能控制司机的想法吗？”

“那不是我做的。”

“啊！”我和梁应物同时惊讶出声。

“那另有其人。”

“是谁？”

水笙人性化地耸了耸肩。

“可是，你不是能感应到族人的躯体吗？”

水笙点头：“我的确能感应到大概的方位。但那地方……以我现在的状态，还去不了。我这条命还有用，不能随意冒险轻抛了。”

“是什么地方？”我问。

水笙看看我们，微微摇头，一摆手，发动马力，小艇破开海面，转眼间远去了。

我和梁应物面面相觑。

那地方必然非常危险，水笙非但自己不敢去，也不想告诉我们，让我们去冒险。

我自不必说，但梁应物背后可是有庞大的X机构。究竟是什么人干的，那具遗体现在又在什么地方，竟能让X机构都无力染指呢？

“我们一起去查出来？”梁应物问我。

我点点头。

“说真的，先前你有没有一点点怀疑，指使陈果的人是我？”

“绝对没有。”

梁应物哈哈大笑，拍拍我的肩膀，说：“我不相信。”

第八章
圈　套

“你居然让他这么跑了，你就该扑上去抓住他。他受了伤，根本挣脱不了。”走上岸的时候，陈果忍不住抱怨。

“但并不是没有收获。”我说。

梁应物把我送回友和时，已经是凌晨三点。我倒头便睡。

一夜乱梦，有梦到天崩地裂，世界毁灭——这想必是受到海底人灭族消息的影响；也有梦到水笙和苏迎躺在沙滩上晒太阳，迅即被山一样高的海啸吞没——这一对眷侣的美好时光，不知还能有多久；最后一个梦，是我在漆黑冰冷的水中挣扎，水中有一张张看不清面容的脸孔，它们环绕着我，像是在对我说话，但什么声音都没有。我惊出一身冷汗，醒来后看着天花板缓了好久，才慢慢地从那糟糕的感觉里挣脱出来。

这个梦意味着什么呢，是昨夜水笙不肯说的那个危险之地吗？我忽然间有一种预感，我终究会去那里的。

我躺在床上，听着自己的呼吸缓下来，恢复正常。按照我在报社请的假，我大概还能在日本待七天，最多不超过十天。这段时间里，我和林贤民先生聊聊天——我觉得他的故事越来越有意思了，还要把日本灾后报道一篇篇写出来。最后，等待梁应物这里的新动静。

我想新动静会很快，也许今天就会有新的变异生物被捕捉到呢。

我想了一会儿，懒懒地爬起来洗漱。已经过了早餐时间，送餐的护士大概知道我昨晚回来晚，并没有吵醒我。

打了个内线电话，请护士把早餐送来，两分钟后门就被敲响了。

“咚咚咚咚。”又急又响。

我讶异地开门，并不是护士送餐，而是林贤民。

我从没见过这样子的林贤民：头发乱成一团，眼睛里满是血丝，鼻翼一翕一张。

“你这是怎么了？”我问。

他进来，反手把门关上，一屁股坐在椅子上。

“我只能来你这里了，只有你能理解我，要是让医生看见，会以为我又疯了。”说完这句话，他就开始哭起来。

“别哭，快告诉我发生什么事了。”

他一开始还努力克制着，很快就痛号起来，那模样，像是至亲死去了一般。

我心里惴惴，该不会是真疯了吧。

门又被敲响，这回是送餐。

“有什么需要帮助的吗，是谁在哭？”她问。

我一回头，林贤民已经不在椅子上，而是躲进了厕所，但哭声还在继续。

我犹豫了一下，说：“哦，没什么，林贤民先生想起了件伤心事，哭一会儿就好了。”

有点儿混乱的语法让护士狐疑地往厕所方向看了一眼，鞠躬后离开了。

林贤民在厕所哭了很久，并且把门反锁上。我想了想，索性先吃早餐再说，只要里面还有哭声，应该就出不了大事。等到我把早餐吃得差不多了，厕所里传出哗哗的水声，洗了把脸的林贤民总算开门出来了。

“世界毁灭了。”他当头一句，我吓了一大跳。

细细问来，原来是他小说中的世界毁灭了。

“全毁了，所有的故事，所有的人，所有的生命，最终都是一个结果。都不存在了。”他哑着嗓子说。

我又好气又好笑，自己把小说里的世界写死了，却伤心成这样。我能理解作家有时会被小说中的世界操控，但落在林贤民头上，怎么都让人觉得太夸张。

“孕育生命的深渊在沸腾，天上所有的眼睛一齐睁开，然后层层叠叠地向深渊压迫。终于他们和深渊合在一起了，整个世界重新归于混沌，然后巨大的爆炸。我明白了，那些眼睛都是一个个不同的世界，它们原本生生灭灭，可当这最后一刻到来，它们挤压碰撞，最终和深渊相合，所有的时间和空间都崩毁了，曾经在这时间、空间里存在过的种族，都被抹去了所有的痕迹。”

我想，他只是需要一个可以倾诉的对象，整个医院里，大概只有我认真地读了他的小说，哦，是读了一部分。

“你说，这个世界是不是真的存在过？”林贤民突然瞪大了眼睛看着我。

“这是你笔下的世界，你千万不能搞混了。”我严肃地告诫他。就算是真正的作家，因为写作而得精神病的也不在少数，更何况是他。

“可是，我真的感觉到，这些蝌蚪人的故事，还有他们生存的世界，不是我想出来的，而是……从我心里复苏的，或者是某个声音告诉我的。总之，他们就在那儿。像这次的大毁灭也是一样。昨天，我根本就没有想到这样的结局，我还在想着，会有更多更精彩的故事呢。但忽然间，破灭就降临了，整个世界就这样全毁了。这是我想出来的吗？可我自己怎么没有任何准备呢，就这么突然在脑袋里冒出来了？”

“这就是灵感呀。”

“我可不要这样子的灵感！”他嚷嚷着。

“总之，好故事都有自己的生命，这是好事。”我安慰着他，心里忽然想到了海底人世界的毁灭，何其相似啊！这应该是巧合吧，蝌蚪人和海底人还是有很大差异的，而且蝌蚪人那个绚烂的世界，显然和海底世界也是不同的。

“我真的很怕，我被吓到了。那多，你说，这一切会不会是真的？都在说，二〇一二年是世界末日，玛雅人的历法只到明年的十二月，那个时候，我们所居住的这个世界，会不会也像蝌蚪人的世界一样，突然毁灭？”

我苦笑：“会或者不会，其实并没有意义，死亡总有到来的时候，我们只能接受。”

林贤民一直在我的房间待到中午。离开的时候，他说他不准备把这个结局写出来，也不准备再想其他的结局。他的作家之路，因为这样的打击，而宣布就此终止了。

午饭的时候，梁应物打来电话，说新的变异生物来了，有点儿意思，问我要不要去看。我当然说要。他说，陈果下午会来接我。

我在电话里问他是什么样的生物，他不肯说，让我到了自己看。

三点多，陈果的车到了。她神色如常，一点儿都看不出受昨晚事件的影响。这让我对她高看了一眼，也更警惕了几分。

到了南相马医院，还没进那幢特殊的大楼，远远地就听见了里面的喧闹声。到了门口，我瞧见一群高鼻深目的人聚集在一起，他们前方是几名自卫队队员，其中一个是军官，他正在向这群外国科学家解释着什么。我瞥见桂勇也在里面。

“这是怎么回事？”我问陈果。

梁应物不知从哪个角落钻出来，陈果就离开了。

“走，带你去前头看看。”他说。

我跟着他从人群旁绕过，自卫队队员守在一个房间的门口。梁应物领我进去，他们只是看了一眼，并未阻拦。

一进门，看见眼前的布置，我猛然认出，这就是最早那组照片中，零号被存放的场所。

现在，那个大型的透明无菌恒温空间里，正摆着一具我从未见过的奇怪东西。

这东西长着一颗猴子脑袋，脸上覆着黑毛，头顶内陷，脖子细长，躯体上有鳞片，上肢是爪，下肢有蹼。它仰天躺着，目测身高一米四到一米五之间。

这是由猴子突变来的吗？怎么会突变成这副模样呢？

而且这样子，真是眼熟啊。

玻璃房外，也有自卫队队员看守着。

“只可远观不可亵玩。”梁应物说。

“怎么说？”

“今天一早送来的，说是自卫队捕获的。但送来并不让研究，说有命令，很快就要送到日本军方的实验室去。外面那群人就是抗议这个，根据原本的约定，大家应该都有权研究，并且共享研究成果。现在只能看不能吃，都急了。”

“既然这样，为什么运过来呢，这不是自找麻烦吗？当然这是在日本，终究是日方说了算，他们再闹，应该也没什么用处吧。或许是运来之后，发生的什么事情让日方改变了主意？”

梁应物没接这个话，问道：“你看这东西，有什么想法没？”

听了他的语气，我进一步确认了自己刚才的联想：“我在想，它怎么会这样像河童。”

的确是像，相比起无甲龟来，这个的相似程度要高得多了，尤其是头顶上那个碗状的凹陷，这是日本传说中河童最显著的标志。

“而且……”我来回走了两遍，从各个角度仔细看，一丝一缕的疑惑从心底钻出来，越聚越浓。

“它是死了吗？”我问。

“应该是，我们不能对它作任何检测，但它就这么一天没动过。”梁应物说。

“那就奇怪了，它是怎么死的呢？没看见伤口啊。”

“我们出去吧。”我要再说，梁应物打断我，把我拉了出去，避过抗议的科学家们，走到楼外。

“看来你也觉得有问题。”他说，“很难解释这东西是哪种生物突变而成的。生物突变具有任何可能性，但同时也意味着不确定性。所以，向着特定外型突变，反倒难以理解了。它太像河童了，这不对劲儿。”

“那些抗议的生物学家是什么看法，他们最专业，难道没有疑问吗？”我问。

“他们不了解日本神话，不知道河童是什么。所以他们没有疑问，只以为又是一次伟大而不可思议的生物奇迹，所以对日方的做法非常不满。”

“而且没有枪伤，也没有利器的伤口。这东西一看，攻击性就要比无甲龟强多了，怎么能这么毫无伤痕，完完整整就捕获了呢？看上去，它就这么安安稳稳地躺着，像是睡死过去一样。”我说，“关键他们现在又不让其他人碰，很可能有问题。”

“我的判断和你一样。如果这真的有问题，那就是个饵。”梁应物说。

“你是说？”

“零号和无甲龟先后被窃，这里面……”梁应物冲身后方向指了指，“这里面有情况。”

梁应物并没把话讲透，但我稍稍一想，也就明白了。

如果这两者的失踪之间有联系，那么线索就只能从两者的共通点来寻找。也就是说，盗走这两样东西的人，必须有一个渠道，能知晓两者的存在。零号还好说，经手的环节很多，知道的人也不在少数。但是无甲龟就不一样了，相信直到失窃之后，日方才知道这么回事，更别说其他方面了。其间的环节简单清楚，排除我自己，就只有何夕和桂勇团队了。

看上去桂勇团队是嫌疑最大的，但这很难让我相信，且看先前他挤在人群里的样子，不像是正被日方调查，多半已经被排除嫌疑了。

如果不是桂勇团队，或者一时难以确定，其实换一个思维，可以把共通点扩大到整个环境。也就是梁应物指的这幢楼。

零号在这幢楼里存放，被研究了好一阵子，无甲龟的消息也在楼里流通过。相信桂勇这些科学家在开会商量的时候，不会有太高的警惕性，楼里的任何人都有可能通过某种方式偷听到。根据我刚被陈果放了窃听器的经历，也许附近的有心人也能通过高科技设备监听到。

这样，尽管依然不能确定是谁，但足够画一个圈了。以这幢楼为中心的一个圈。

“这么说来，果然是饵，很聪明的做法。那么恒温室里的那具河童，可能是某个蜡像师的作品吧。”

这具河童在楼里放了一天，足够让偷走零号和无甲龟的人收到信息。如果它继续偷盗突变生物，那么这具河童就将会是它的目标。当它动手的时候，也就是设局者收网的时候。

梁应物点点头，说：“一旦河童被送到军方的实验室，那家伙再神通广大，想要偷出来怕也是困难重重。所以，它所能利用的就只是现在这一段时间，以及送去实验室的这段路途。这是在逼它现身。我想，日方并不会给这个未知的对手太多时间准备。这具河童是不会留在这儿过夜的。”

从现在开始的每一秒钟，不测的事情都有可能发生。

“你们的日本同行，反应很迅速啊。”我说。

这计谋说起来并不算多么出奇，但在这么短的时间里，抓住要点，制订计划，还是非常不容易的。再说，能起到作用的，往往都不是奇谋。

“可惜这河童做的次了点儿。”梁应物微笑着说。

“估计日方并没有指定形象，只要求做个栩栩如生的怪物，最近河童的传闻又这么多，蜡像师就拿此作为样本了。”

既然判断这是个陷阱，我们两个当然哪里都不去，就待在现场等着好戏开场。那些科学家抗议了一阵，见没有结果，也就各自散去了。桂勇看见我们，还过来聊了会儿，抱怨这么个无比宝贵的研究对象放在面前，竟然没办法动，日方要吃独食，太过分了，云云。

一共有五名自卫队队员在场，抗议者散去后，又走了三个，只剩下两人在看守。我出去转了一圈，从医院内部到外面的街道上，至少十几个可疑的便衣来回走动。还看见了两辆一直停着的坐着人的车。相信外围的布控，更不只于此。只是在我看来，这些便衣“便”得并不够隐蔽。倒不是装得不像，只是现在官方公布的辐射指数一天高于一天，越来越多的人开始怀疑，这次事故会不会比当年的切尔诺贝利更严重，街上空荡荡的，行人寥寥。现在忽然行人密度增加了不少，有心人一眼就能看出端倪。

一直到傍晚五点都没有一点儿动静，把河童运走的车来了。

看见那车，我就觉得这做的会不会太明显了。这就是一辆普普通通的小厢式货车，货厢放了河童后，都不一定还能装得下人，多半也就是副驾驶位置还能坐上一个。

“真是尽一切可能创造便利条件啊。”我说。

“那也没办法，从前两次的例子来说，那家伙用的都是巧劲，要么迷魂，要么翻窗而入偷窃，从来没有正面突破。要是来辆防弹运钞车，说不定它根本没法下手。我敢说，如果快到目的地还没有发生事情，这车说不定会熄火，临时停车检修。”

“我可不觉得。你是没看见监控里它的那副模样，活脱儿一个怪物。我看，一个班的特种兵上去，不用枪的话都得给它放倒。现在搞这么辆车来，反倒弄巧成拙，让它起疑心。”

梁应物抱着手，用看戏的口气说：“看看吧，反正也不是我的行动。”

很多时候，当你觉得智珠在握的时候，事情却以另一种方式发生了。

发生的时候，小货车停在医院门前，司机没下车，副驾驶也没人。货厢的门打开着，河童被简单地裹了两层白布——那感觉真像裹尸布，一名自卫队队员横抱着它从楼里走出来，另一个则在五六米外保持警戒。围观的生物学家们对这种粗暴对待样本的方式颇有微词，正在指指点点。外围，我曾注意到的两辆车，一辆已经不见了，另一辆则点着了火。那些疑似便衣错落有致地保持着阵型。

那名抱着河童的自卫队队员，在离货车还有几米远的地方，突然摔倒了。

没有任何理由的摔倒，就像是自己不小心脚软一样。能看出他试图保持住重心的努力，然后倒在地上，河童脱手！

他绝不是故意摔的。

我和梁应物本来远远地跟在后面，还在医院的院子里走着，这时赶忙快步向前冲。

河童在地上翻滚，跌倒的自卫队队员在第一时间爬起来，身手利落，另一个自卫队队员也在向前跑。

然后，这两个人突然停住了。

所有人都停住了，包括我和梁应物。

因为那河童在滚了两下后，竟自己站了起来。

它还裹着那白尸布，但就这么直挺挺地站了起来。

紧接着，白布飘荡起来。这时并没有风，白布却自己打开了，就像有一只看不见的手，把白布从河童身上除去。

露出河童的脸，露出河童的身躯。

无比狰狞。

这河童竟是活的！

我和梁应物认定，这河童肯定是假的，是日方做出来的蜡像或其他什么模型，只为了引蛇出动。我们在等待着那家伙以某种方式横空出世，将河童抢走。

可河童活了。这是怎么回事！

足足有一秒钟时间，没有任何人能作出有效的反应。

然后就听到一声大喊。

这大喊是河童发出来的。是一句日文。

可是河童的嘴并没有张开，它的眼睛也没有张廾。我猛然意识到，河童的姿态没有一点儿改变，就像是还躺在透明保温箱里一样，只不过由卧姿变成了站姿。这不正常！

它喊的那个词，是“圈套”。我居然听懂了，嘿。

然后河童就再次倒了下去，重重地跌在地上，头颅断裂，滚在一边。

断口处白花花一片，的确是蜡像，没错。

这一系列事情发生得又快又急，我的心里经过了几个波折，一次接着一次地把之前的判断推翻。

河童是蜡像，是死物，又怎么能站起来，又怎么能发出那声大喊？

还是说，那看起来白花花的蜡，其实另有玄虚。

脑子里念头急转，我和梁应物又迈开步向事发地跑，也就十米远了。

那个刚爬起来的自卫队队员，忽然伸手往身侧一抓。那里分明空空如也，但他睁大着眼睛往那儿看。

他什么都没有抓到，那动作颇为可笑，但脸上非常紧张，说了一句话。

“他说的是什么？”我没听明白，问梁应物。

“有东西，看不见的东西。”梁应物边跑边回答。

“哪里，哪里？”另一个自卫队队员大喊着。他们两个没去管倒在地上的河童，这彻底证实了河童的确是假的。

那么刚才……

这是一眨眼发生的事情，离河童从地上直立而起，只过去了不到十秒钟。

离自卫队队员的惊慌大喊，只过去了两秒钟。

周围的许多“路人”都停下了原来的事情，或往前或退后，更多的是茫然地站着东张西望。

一切仿佛静止了，不，是电影中的慢放镜头。这给人一种预感，现在的缓慢，酝酿积累着能量，剧烈的爆炸将在下一刻到来。

又过了一秒钟。

一个面向这儿，刚刚放缓了脚步，正在犹豫该走该停的中年男人，身体突然向侧后一仰。那种样子，活像被人撞了一下。

这男人“啊”地大叫，踉跄退了一步。他被撞得很厉害，退一步根本稳不住，眼看就要仰天摔倒。他腰上使劲一扭，整个人顺着冲力转了一百八十度，风衣飘起来，他的右手从风衣里伸出，赫然握着一把枪。

“乒！”

枪声响起。

枪声中，我隐隐听见一声低号。

可是，并没有想象中的，空荡荡的某处突然迸出血花，某隐形人负伤现形的情形出现。

一连串严厉的训斥声从不远处另一个路人的嘴里冒出来。那赫然就是先前负责向生物学家们解释的自卫队军官。

他在大骂不能随意开枪，这里有平民。

然后，便衣们终于开始行动起来，保持现场，封锁周边，一连串的命令从军官的嘴里发布出去。

“我好像闻到有血腥气。”陈果不知什么时候到了旁边，“我鼻子很灵的。”

“它受伤了。”梁应物说，“我去看看那边地上。”

说着，他就要往风衣男被撞的地方去，可能想摸摸地上有无透明的血迹。

我一把拉住他。

“别过去，要封锁现场了，现在不走就走不了了。”

“现在走能去哪里？”梁应物不解地问我，突然恍然问，“你有线索？”

“模模糊糊，想不清楚，我得想一想，我们先离开这儿。”我说。

封锁的指令虽然发出，但现场还处于混乱中。那些执行指令的自卫队队员又都穿着便衣，效率更低一些。我们没费多大工夫，就溜出了这个街区。

“你想到什么了？”我们在一个自动售货机前停下，梁应物问。

我没有立刻回答。

灵感总是来得快去得也快，我现在正努力抓着灵感的尾巴，试着要往回拽。到底是刚才的哪个细节，让我有这种似悟非悟的感觉呢？

是那扑空的一抓，是那向着空气里的一枪？顺着这线索往前，那突然站起来的河童，那慢慢掀开的白布，就像空气中有一只无形的手。

隐形人！

刚才现场发现的种种，让我直觉有一个看不见的人。这本无稽，但现在这一连串细节一整理，非隐形人不能解释。

欧美有好几个研究小组在研究隐形材料，已经取得了很大进展。它利用的是光学原理，让光在照到隐形材料时发生偏折，使原本被材料或穿着材料的人后面的景象在材料上显现出来，从而达到透视及隐形的效果。我看过一些图片，叹为观止，仿佛透明人。但透明人的透明，还是可以看出一个人的样子，也许站得远会被忽略过去，如果就在眼前的话，目前的研究进展离真正的隐形还有距离。更何况那一枪像是打中了，却依然没有打破隐形，这就表明做出这些事情的人，绝不会是穿着什么隐形衣。

那会不会是非人呢?

非人的能力各种各样，既然变色龙的表皮细胞能对光作出反应，很难说有哪一个非人会进化出进一步的能力，让自己变得透明。

快抓到了，快抓到了。

我的脑袋飞快地转着，这时传来一声尖厉的轮胎摩擦声。我回头一看，两个街口之外，一辆白色轿车转出来，弯拐得太大，差点儿撞上街沿，连刹车带转方向盘，才重回正途。

白色马自达。

“是……”话到嘴边，我把人的名字给忘了，急得跳脚，“追上去追上去，车里是那个魔术师。”

“魔术师?”梁应物皱眉。

“全奉诚?”陈果问。

“对对。”我一边说着，一边向马自达远去的方向跑。

“我去开车。”陈果倒也利落，眼看白车就要没影了，顾不上问究竟，就往医院的方向跑。

但终究是赶不及。我和梁应物追出一条街，就停下来喘气，马自达直直地消失在路的尽头。

歇息的时候，我把全奉诚的事说了。梁应物也知道这个人，多半陈果汇报过，所以我只点了点，他就明白了我的意思。

通常如果不是很熟的朋友，或者自身的能力非常著名无可掩饰，非人是不会把自己的特殊之处随便告诉别人的。这就像古代的武者，总是要把最厉害的招数藏着，到关键时刻才能起到必杀的作用。

我不知道全奉诚的能力是什么，但我看他表演魔术的时候，就在猜想，他那不可思议的魔术，会不会根本就不是魔术，而是一种能力。

脑袋消失后还能自如的行走，不可能是真摘下了脑袋。我原本猜想过空间能力，影响观众的心灵能力，当然也想过会不会是透视。

加上这辆出现在此处的白色马自达，使得全奉诚成为主要嫌疑人。

陈果开着车赶过来，梁应物让她一路往前，试着问问路人，看能否追踪出全奉诚的行车路线。而他自己，则打电话去红十字会慰问团的驻地，问全奉诚的情况。

“他人果然不在，昨夜就没有回去，那边也在找他。从三天前开始，他的行踪就变得诡秘，也不参加慰问演出了。”梁应物打完电话，对我说。

“那就是他了！”我说。

梁应物摇摇头。

“怎么，你觉得不是？”

“不，我想那隐形人就是他。但是……最早的那一起，就是货车司机开着零号入海时，全奉诚根本还没来日本呢。”

我一怔。果然是这样。事情怎么会如此复杂，最初以为是海底人做的，结果找到了水笙，发现他只做了一半；然后日本人设了局，请君入瓮，算是成功了一半，结果一只脚入瓮又溜走的这位，并不是最早偷走那一具海底人的人。那么，偷走无甲龟的是不是全奉诚呢？从监控录像上看，也不像呀，难道他除了隐形之外，还有其他能力吗？

“但至少我们有线索了，就算之前的事不是全奉诚做的，也很可能与他有关系。”梁应物说。

“得找到他。”

不一会儿，陈果开车回来，追丢了。

这虽是意料中的事，但不免让人沮丧。

但梁应物不放弃，问是在哪里追丢的。陈果说，马自达在前面第四个路口往右转，直行两个路口之后，连问了七八个人，都没再注意到这辆车。主要是人手问题。如果是在国内，有充足的人手去路边一一询问，估计开得再快再远，都能把路线图画出来。

梁应物让陈果从车上把地图拿下来，在车前盖上铺开。

“不是跟丢了吗？”我问。

“所以只能猜猜看。”梁应物说，“全奉诚是中国人，并不熟悉这里的街道，所以他只会走最方便、最直接的路线，不会绕小路。我在看他行车的方向上，都有哪些地标。至少肯定一点，他并不是在往住处开。”

“不往住处开的话，他来日本就这么几天，还会有什么熟悉的地方呢？”陈果说着，看了我一眼。

我被这一眼看得心中一动，走上去看地图，瞧着梁应物指出的方向，那儿一直往前，就是南相马市。

我和陈果互视了一眼，我说：“难道会是沉没之地？”

我们曾在那儿与全奉诚偶遇。至今我都不知道为什么他会去那儿，当天他的表现，并不像是去看个新鲜的。

“去看看，快！”还是梁应物下了决断。

一路飞驰到那条通向海的长街。这时天色已经暗下来，这条街上的路灯早已不亮，只听见远处海潮一声又一声，望出去却暗淡模糊。

陈果开了远光灯，压着车速，慢慢向海边开。开了一小会儿，我们看见了那辆白色马自达汽车。猜对了！

车停在离海极近的地方，驾驶位的车门半开着。陈果把车开成S形线路，让大灯的光好照到马自达附近所有的地方。

似乎没人，至少是没看见人。

我们的车停在马自达后面，三扇车门几乎同时打开。

“全奉诚。”我一边跳下车一边喊。除了海潮声，没有回应。

“别熄火，开着大灯。”梁应物对陈果说，陈果应了一声，钻回车里去开大灯。

梁应物自己则走到马自达打开的驾驶位车门旁，弯腰把手伸进去挥舞了几下。看他这么做，我也把后门打开，做同样的动作。如果我们面对的是一个隐形人，那么眼睛已经不再可靠，得用这种盲人摸象的方式，才能确定一个地方到底有没有藏着人。

前排没人，后排也没有。梁应物却不罢休，用手在驾驶座的上上下下都捋了一遍。然后，凑到鼻前闻了闻。

“怎么？”我问。

他把那只手伸过来。

这时，我们车的大灯已经打开，他的手被车灯正照着，很干净，什么都没有，但我已经闻到了血腥味。

我伸出一根手指在他掌心点了点，有黏黏的液体。我想那是血，透明的血。

“取样。”梁应物对陈果说，“取完之后，样本给我，然后你用刀把坐垫的皮割下来带走。”

这是准备退路和后手，即便是现在，我们已经离全奉诚很近，但一个隐形人如果不想和我们接触，离得再近也没有用。能够把透明的血液样本带回去，就已经是很了不起的成就了。梁应物连取样都备着两份，一份自己拿着，沾满血的坐垫皮面则由陈果保管，这样缜密的安排，最大限度地防止了意外的发生。这就是梁应物胜过我的地方。哦，当然，他胜过我的地方还多的是呢。

“全奉诚，你在吧，我是那多。我们见过面的，能聊聊吗？”我说。

这时，手脚麻利的陈果已经把沾了透明血液的棉签放进玻璃试管内，递给梁应物。梁应物把玻璃管放好，说：“全奉诚，你受伤了，需要治疗。我们会通过秘密途径把你送回国内，或者你有任何人想要我们代为联络吗？”

陈果从车里取了三只手电，递给我和梁应物一人一只。

我们拿着手电，往汽车大灯照不到的地方射去，然后慢慢向前走。

海水一波一波向后退，马自达车本来就停得离海近，没走几步，浪就沾湿脚尖了。这让我意识到，全奉诚也许就比我们早到个十分钟左右。

我们把手电筒往下照，人隐了形，但海水不会隐形。看不见人，我们可以看看有没有被人排开的海水。可惜这里不是沙滩，否则一看脚印，隐形术就破功了。

三道手电光柱来回交错，却迟迟没有发现目标。

“你鼻子好，能闻到血腥味儿吗？”我问陈果。

“这么空旷的地方，到处都是海水味儿。”陈果摊了摊手，“你还真以为我是狗鼻子呀。”

我们几个分散开，找了好一会儿，都没有收获。都已经追到这儿了，功亏一篑，真不甘心啊。

正是退潮时分，我们也不敢往海的方向走得太深。这个沉降区地势复杂，时有又急又猛的大浪，别回头被卷了去。梁应物和陈果都已经放弃往回走，我用手扶着一根被水淹去一半的门廊立柱，另一只手上的电筒四处照，作最后的努力。然而手电光柱到处，都是起伏的海面和翻卷的浪花，见不着隐形人的踪迹。

我叹了口气。然后，另一声长叹在我身边响起。

我一激灵。

“坐会儿吧，陪我坐会儿。”一个声音如游丝般地从旁边的虚无中传来。

那儿是立柱旁固定着的青石长条，也许曾经用来给客人换鞋。现在海水已经把条石淹了三分之二，时有浪花会溅上去，想来涨潮时，它是在海面下的。

我向出声处望去，手电光柱同时照了过去。那儿依旧空无一物，一个浪花在青石上撞碎，那些翻滚着四散的细沫子让我突然看见了，就在青石的另一头，有一道无形的壁障，水雾在那儿被阻挡住了，有一瞬间，一个隐隐约约的轮廓浮现出来，立刻又消失了。

“把你的手电移开。”他说。

我忙收起手电，绕过门柱，急行步间，不防脚下还有被海水淹没的台阶，绊了一下，身子向前冲去。

一只胳膊在我胸前挡了挡，一触即退，显得绵软无力，但让我重新获得了平衡。然后他闷哼了一声，开始咳嗽起来。

我摸索着坐在条石上，注意别太挨着他。他还在咳嗽着。

“你的伤要紧吗？”我问。其实我根本不知道现在该说些什么。

“总是要死的。”他稍缓下来，说。

从这几句的声音来源，我意识到自己坐反了。他应该是面向大海坐着的，而我则是向着陆地。

梁应物在远处叫我，他和陈果都发现了我的异常。我做了个手势，示意他们别太靠近，然后我转了一百八十度，和看不见的全奉诚并肩坐着，面朝黑压压的大海。

我没再说话，我说什么都会显得很蠢。我想只须等他开口就行，他叫住我，肯定有话要说。

“我快死了。”他说，“死之前，忽然想说说话。如果你没来，我会坐在这里，说给自己听。”

“有耐心听听吗？”他问，我感觉他的头转向了我这边，“就你一个，这儿也坐不下太多人。”

“好。”我说。

我等待着，然而身旁又没了声音。仿佛有太多的故事，一时间不知从何说起。

远处，梁应物和陈果一边看着我，一边交谈。

海风中，我分辨出了喘息声，越来越粗，像个破风箱。想起之前的咳嗽，也许枪伤对他的肺造成了一些影响。

“我见到你，还是在七年前，尼泊尔的夏天。”

“六月份。”我说。

“六月三十日，D 爵士非人聚会的最后一天。”

七年前的事，他的记忆还如此精确，令我意外。

“那个时候，几乎所有参加聚会的人都已经走了，剩下的没几个。居然还有人被接进来，我远远地看了你一眼，心里想着，这是另一个世界的人。”

我无声地笑笑。非人自有其世界，对他们来说，认为比普通人类高出一筹，甚至分出第一世界，第二世界，也是再正常不过的事情。

他像知道我所想般，说：“对当时的我来说，你、路云还有 D 爵士的大多数客人，都是另一个世界。”

他低低地笑了声，说：“flyhuman，啊。只是飞，也有很多种。麻雀能飞，鹰也能飞，苍蝇能飞，公鸡也能扑腾几下，从楼顶跳下的人，也会有一瞬间产生飞翔的幻觉。非人嘛，也是一样，分三六九等。”

不知是他天生就是个多话的人，还是觉得时日无多，满肚子的故事要倾吐，尽管说起话来气息衰弱，但没有半点儿想要言简意赅的意思。那我就听着呗。

“那一次，是我第一次参加这样大型的非人聚会，也是最后一次。我想，你肯定没有想过，在非人的圈子里，一个像我这样的人是怎样的感受。那一次远远地望见你一面后，我陆陆续续地知道了一些关于你的传说。你身边的那些非人朋友：路云、夏侯婴、六耳、水笙，在非人的圈子里都是大名鼎鼎的强力人物。对你来说，会不会认为，所有的非人都是那个样子，神通广大，几乎无所不能呢？”

他说到这里，仿佛正似笑非笑地斜着眼看我。我若有所感，侧头望去，却只见到灰灰暗暗中隐约的残破门廊。

嗬，我正在和一个隐形人谈话呢。我这样想着，朝那个方向微微一笑，又重新望向大海。

“如果说非人的出现是人类进化的结果，那么这种进化也是没有目标性的。随机的突变，如果恰好突变成神通广大的类型，那么从生物学角度就更容易获得异性资源，留下自己的基因。但还有许多突变者，随机突变出一个毫无用处的能力，就比如我。”

“你这还算是没用的能力？”我不解地问。隐形如果没用，那什么有用？我想大多数人，都曾经幻想过如果自己是个隐形人会怎样吧。

“我很冷，如果你现在能看见我，就知道我有多狼狈。一件衣服都没穿，哆哆嗦嗦地坐在这里，伤口还在流血。而且，你知道我花了多少时间，才做到把整个脑袋隐形吗？小学的时候，我以为说谎鼻子会长长，有一次期末考试考得很差，回家吹牛说全班都考得差，心里想着别看见我的长鼻子。然后我的鼻子就不见了，照镜子的话，直接看见的是鼻腔内部。那是我第一次发现自己的奇怪能力。那一次，我把家里人吓惨了，然后我的生活就变得一团糟。”

他又停顿了很久。

这时，我注意到梁应物和陈果走得稍近了些。

“直到我参加D爵士的非人聚会时，我还没能做到让自己整个头隐形。那个时候，如果我发动自己的能力，就会把自己的气管、大脑之类的东西展露出来。我感觉自己的身体里仿佛有一种病毒，它在慢慢侵蚀着正常的细胞。我无法让这个进程加速或减慢，我只能在病毒感染完成后，让那些具备了隐形能力的细胞隐形或解除隐形。我知道我和普通人不一样，但这种不一样能让我获得什么呢，演恐怖片？即使是后来，我的整个头都能隐形了，我所能做的也不过就是个表演飞头术的魔术师罢了。很多人觉得，像我这样的非人，是非人的耻辱。”

我哑然，没想到同为非人，竟然也有这样的等级之分。

“我现在能做到全身隐形是来日本之后，近几天突然加速的变化，其实并不是件值得高兴的事。我真的觉得，那是个病毒。至少在我的大脑能做到隐形之后，我的记忆力明显下降了。这是细胞层面的巨大改变，如果可以选择，我想当一个正常的人。”

“是……因为核辐射吗？”

“我也不知道，这不重要了。哈，我们偏题了，我现在，可没有偏题的资本。”

我心头一跳，他的身体状况已经糟糕到这种程度了吗？

“我会说到这些事情，是为了告诉你，像我这样的非人是很尴尬的。对于普通人来说，我们是不可思议的，但对于非人来说，我们是失败者，是被自然淘汰的人。”

我听在耳里不说话，心里并不认同。至少我的那些朋友，比如路云或水笙，不会觉得全奉诚这样能力微弱的非人低人一等吧。我想到这里，忽然又不确定起来，他们待我如朋友，但其实都是些孤傲不合群的人哪，心底里甚至潜意识里怎么想，还真是说不准。

不过，全奉诚的这些心思，更多的是自我的认定，而不是别人加诸的贬低。当他发觉了自己的不同，加入另一个圈子里时，发现周围的人具备的能力并不是他那般的鸡肋，而是真正可称为神奇和强大。他自然地会生出弱小感，自觉地把自我和别人隔离开来。

全奉诚说了很多抱怨的话，说自己是如何被孤立，说自己就像个可笑的小丑。然后，他话锋一转，说起了在D爵士聚会上的一次艳遇。我忽然明白了，他会把日期记得那么清楚，就是因为他在当时认识了那个女孩儿。

“我们是一样的，她的能力比我稍有用一些。她能用皮肤辅助呼吸，她的表皮细胞能吸收氧气，并把这部分氧气渗透入血液。但这个过程是缓慢并且有限的。举个例子，她可以在水下呼吸，只不过氧气的摄入和消耗无法达到平衡，她只能在水下待三十分钟左右，这个时间大概比受过专业训练的人多出两倍。虽让人惊叹，却毫无用处，嗬，就和我一样。"

"我们同病相怜，她和我一样感受到压力。我们相爱了。"

他停了会儿，又说："这是个很长的故事，总之，我们一个在中国，一个在……日本，最终并没能走到一起。我以为，我们在同一个世界，可以相互理解，相互扶持。但她最后还是选择了一个普通人。"

他说到普通人的时候顿了一顿，我想，或许他还是有优越感的吧。优越感和自卑感同时存在！

"三年前，她和那个男人一起来拜访我，坐在台下看我演出。那个男人惊叹地问我，我是怎么做到的。我在他的面前把头隐去了，是一点点地隐去的，看起来就像是一层层把皮剥掉。他惊惶地逃出屋去，她打了我一个耳光，追出去，向他解释那是魔术。"

他嘿嘿地笑起来，那笑声中却并无欢愉，只有苦涩。

"他们回日本之后就结婚了。去年，我知道她怀孕了。我本来已经绝了念，再也不想见面了。可是这次地震，我忍不住打电话问她是否安好，但一直联系不上。忽然间，我原来在做着的所有事情都没了意义，看出去的任何东西都开始退去了颜色。那种感觉很难形容，原来已经没有了，以为堵住了，消失了，干涸了，但突然间全都出来了。她又一次把我填满，或者说，我一下子空掉了。我知道自己必须来日本，我不想怎么样，我根本来不及想，我要的只是看她一眼，只是想要知道她好好的、平安无事。"

我已经猜到一些，还是忍不住问："她住在什么地方，她不会就住在这里吧，你找到她了吗？"

"你猜对了，她就住在这里。那天，我来找她的时候，你看见我了，不是吗？"

“她……死了吗？”

“这一片，海啸来的时候，没人逃出去，都被卷走了。”

我哑然。

之后很长的时间里，都只有海的声音。

“谢谢你能听我的故事。我希望有人能知道这个故事，结果发现，还是有太多的事情没办法讲出来。那是属于我和她的故事，永远是。”

“你是希望我把这些写出来吗？我是说，在我的小说里。你知道，我会把经历过的写下来。”

“不必了。你只是在恰好的时候，出现在恰好的地方。我有倾诉的欲望，而你在。其实你是我的偶像呢，我知道你的事情越多，就越佩服你，你的人生可比我的要精彩许多。”

我无声地笑笑。

“飞机上的时候，我就想和你打招呼啦。第二次是在这里，但那都不是合适的时机。可是这一次，再不说话，那就没有下次机会了。呵呵，也算是做了一次追星族。”

“我算是哪门子星啊。”

“对我来说就是啊。在非人的世界里，你可是很耀眼的。和你有关的故事全都惊心动魄，甚至有些可以说惊天动地。所谓默默影响这个世界的人，指的就是你这样的啊。你已经注定是传奇了。”

我被他说得鸡皮疙瘩都起来了，我怎么从来都不知道自己这么重要，追星族果然是不可理喻的。当然，被这么没皮没脸地一顿夸，小自得总是免不了的。

然后，他又长时间不说话了。我等了一会儿，问：“你还在吗？”

我看见梁应物他们走得更近了些，正在冲我打手势。

我知道他们在急些什么，和全奉诚说了那么多，却还没有接近最关键的部分。当然，是对我们而言的最关键。

“你是什么时候变得全身都能隐形了呢？之前那么多年只能做到头部，来日本才几天，就这么厉害了？”我又问。

其实我当然知道是为什么，这必然就是何夕所说的，核辐射对于非人不稳定基因的强烈影响。问这个问题是打个前站，根据他的回答，我总能找出话头，来问他今天为什么会来抢河童。

“是辐射。来之前我就知道会很危险。这些天，我全身上下每个细胞都像被烧灼着，痛。它们每时每刻都在变化，不受我控制地变化着。我的精力从未如此充沛，但我心里是清楚的，这是透支。我的细胞异化以比此前快千百倍的速度进行着，代价是失眠、偶尔的失忆和神志模糊，前一小时充满活力，之后也许会有一分钟的全身无力。你试过神经痛吗？腿上屁股上手上的神经一起痛，你想象过这种情况吗？细胞变得可以隐形，进行了这样变化的细胞所组成的生物，还能和原来一样，健康地生活下去吗？早在我的大脑细胞变得可以隐形之后，我就预感到自己可能不会活得太久，而现在，嘀，即使没有受枪伤，我也随时可能一觉睡去就再也不会醒来。”

全奉诚在说这段话的时候，气息比刚才又微弱了三分。

“你居然知道是核辐射的影响？其实这段时间，各国生物学家都来日本研究核辐射对生物变异的影响，附近有许多生物都变异了，变异的程度是超出常规的，甚至可以说突破了原本的生物规律。就在前些天，我还亲手抓住了个变异生物，是一只从甲壳里挣出来的乌龟，比原本大了许多倍。”

我故意说到了无甲龟，因为我料想偷走无甲龟的那家伙，即便不是全奉诚，也可能和他有关系。他要是不接话，我就从无甲龟接到河童了。

全奉诚笑起来。

“我一直很喜欢关于你的故事，有的是你自己写的冒险小说，有的是别人口中的传说。有时我会想，会不会有一天，我也会出现在你的故事中。如果有那一天，我会是个怎样的角色呢？”

我听他岔开话题，有一种不太妙的预感。

“一般来说，在你的故事里，如果出现了我这样的角色，在临死之前，和你有这一番交流，告诉你我的过往，那么在这之后，必然会给你一些关键性的线索，解开你心中的谜团。否则，我的出现对你就毫无意义了。”

“别这么说。”我苍白无力地辩解着。

“但这个世界，真的是有意义的吗？人活着，真的是有意义的吗？我说这些，只是因为我想说说话，但我说的未必是你想听的。你想听的，我未必知道，知道也未必肯说。有时候，带着秘密去死，是件有趣的事呢。给你增加些难度，人生嘛……”

我越听越觉得不对劲，必须打破他的这种状态。这时，我打断他说：“今天在医院门口，不只你一个人，对吗？你喊了一声‘圈套’，这是喊给你的同伴听的，让她停止原本的计划。她是谁？”

我的问话没有得到任何回应。然后我听见了重物落水的声音，伸手往旁边一探，发现他已经不在那儿了。我连忙跳下青石，蹚着海水摸索着，同时向梁应物和陈果求助。

海潮一波又一波，我们终究没有找到隐形的全奉诚。潮水把我们冲得前俯后仰，再向前去的话，就有被卷入海里的危险了。而全奉诚，应该早就被卷走了吧。

“你居然让他这么跑了，你就该扑上去抓住他。他受了伤，根本挣脱不了。”走上岸的时候，陈果忍不住抱怨。

“但并不是没有收获。”我说。

第九章
可怕的美季子

梁应物这时刚刚一骨碌从地上爬起来，他这个动作和假桂勇一比，显得如此缓慢，仿佛是个电影里的慢镜头。他试着伸手去抓，却抓了个空。

他竟是又冲回了楼里！我紧跟着他，眼看他的速度比我快得多，大叫一声："美季子！"

回去的路上，梁应物和陈果发生了冲突，起因在我。

陈果一直在不停地抱怨，甚至指责我在和全奉诚的关键性对话中没有把握时机。这的确是一次失败的行动，虽然我心里有些想法，但陈果这样说，我也就闭口不言，只是听着。

梁应物终于忍不住，制止陈果，说：“够了，发生这样的事情，大家都想不到。隐形人本来就很难把控。”

“但是梁主任，我不理解有这么严重的纰漏，您为什么还要包庇那多先生。”

“请注意你的用词，那多并不是机构的人。”

“是的，我早就想说了，他并不是我们的人，按照条例，他本不应该参与进来，这是违规。”

梁应物看了她一眼：“严格来说，你也不是机构的人。而且，我恰好是能够决定你是否能进入机构的人。你现在的反应让我怀疑你的理智，要知道理智是我们这行必须具备的。你失分了，陈果。”

陈果的脸色变得非常难看。

我想要插个话圆场，刚起了话头，就被梁应物示意停止。他郑重地对陈果说："我正在考虑，你是否还适合参与此次在日本的行动。"

陈果鼻息粗重，深呼吸试着平复心情。她把车停下来，静默了一会儿，说："对不起，看来我面对挫折时还没有做好足够的准备。梁主任，谢谢你让我成长。"

然后，她转头对我说："对不起，那老师，向你道歉。"

我当然说"没关系"，心里却觉得，她的反应有些假。

"我依然在考虑。"梁应物并没松口。

"我明白，梁主任。"陈果仿佛又变成了那个对梁应物毕恭毕敬的女孩。

她重新启动汽车，梁应物沉默着，我一时也不知该说些什么，车里是一片尴尬的静默。几分钟后，陈果主动开口，问我刚才和全奉诚具体说了些什么。

我先前只是简单和他们说了一下，现在便凭着回忆，尽可能地把我们的对话复述出来。

"我在想，会不会全奉诚的枪伤并不严重，他细胞变异造成的危害也被他自己夸大了。他和那老师说这么多，其实是想让我们以为他死了。"

这倒是我没想过的角度。

"的确有可能。"我说，"他说了不少话，虽然一直气息奄奄的样子，但体力肯定还有，并不是快要不行了。语气里，我感觉至少故事里的那份情感是真实的。"

陈果的手在方向盘上拍了一下："既然那老师也觉得他可能并没有死，梁主任，我们要不要通知自卫队在附近海面上搜索一下。"

"不行。"梁应物说，"全奉诚是中国公民，交给日方去搜索，抓到人的话，不可能这么简单地交给我们。何况只要他保持着隐形，就很难抓到他。除非他真的死了，并且死去之后，会解除隐形状态，才可能被发现。目前我们在异国他乡，机构没有足够的力量进行搜救，所以，唯一的选择就只能由他去了。"

“噢，是这样啊。”陈果叹了口气，“真是有点儿不甘心。”

“暂时不用去管全奉诚了，他已经给了足够的线索。那多，你说是吗？顺便说一句，陈果，你可以在接下来的分析中，明白我为什么会邀请那多加入。”

我苦笑。这话说的，既然你梁应物只听我的复述，就能够说出“已经给了足够的线索”这样的话来，我接下来说的话即便再在理，也不过就是你的水平，这又怎么体现我的价值呢？

梁应物今天的反应着实出乎我的意料。这是在我印象之外的强硬，似乎他原本并不会这样处理问题。不过，他现在在X机构中也属于掌权阶层，这么些年经历的风波，只会比我多不会比我少，人总是会变的。如果面对陈果这么个丫头的挑衅，都不狠狠反击回去的话，这队伍也就不好带了吧。

在心里略略欷歔一番，我就把在和全奉诚交谈时想到的线索说了出来。我说得尽量详细，没办法，梁应物都这么把我架起来了，总得让陈果心服吧。

“首先，回想今天变故发生的时候，抱着河童的自卫队队员突然摔倒，现在来看原因很清楚，是被隐形的全奉诚绊倒的。而河童突然直立，造成‘活过来’错觉的也是全奉诚，他把河童抱起来，并且把包裹河童的白布掀开。之后，他突然叫了一声‘圈套’并且松开河童，这显然是因为从手感上，他发现了河童的问题，从而意识到入了圈套。

“可是，假设河童并没有问题，那么全奉诚原本的计划是什么呢？抱起河童并且掀开白布的动作，的确能给周围的人造成错觉，从而造成短暂的混乱。但这混乱不可能持久，全奉诚并没有能力把河童也隐形。自卫队队员从混乱中恢复过来后，不可能眼睁睁地瞧着河童‘飞走’，只要他们一有所动作，全奉诚的存在就会暴露。所以，可能性只有一个，即他只需要短暂的混乱，使河童脱离自卫队的掌控。我推测，当时现场一定还有一个全奉诚的同谋，原本的计划里，应该是隐形的全奉诚先出手，利用河童复活造成的全场混乱，把河童交给他的同谋带走。比如把河童扔向某个方向，这样看起来，会是河童自己飞过去的，周围的无关人甚至是自卫队队员，第一反应是躲避，接应的人如果有一辆车，就能冲出去。当然，也许他们有更周全的计划。

“那么这个接应的人是谁呢？当然你们可以调查全奉诚来日本之后都接触过谁，同团的人有谁在那个时候说不清自己行踪的。我说一下我的判断，我觉得是故事里的那个女人。全奉诚叫她美季子。全奉诚对我说了那么多，却在我问关键问题的时候，选择了跳海。如果说他是为同伴打掩护，那么美季子是最有可能的人选——如果关于那段爱情故事，他没有说谎的话。而且，美季子的能力是皮肤吸氧，这让她在遭遇海啸时，存活的概率高于普通人。

“当然，从无甲龟被盗时友和拍下的监控录像看，无面人既不像全奉诚，又不是美季子。他的身份现在存疑。可能与无甲龟事件和河童事件无关，更可能在这一连串事件里，还有第三，第四个人，或者说什么奇怪智慧生物吧。无论如何，美季子的疑点是抹不去的。证明美季子存在的另一个佐证是，全奉诚今天又回到了这里。他刚来日本时，到这里来是为了看一看美季子家的情况怎样了，但今天，他受了伤，为什么会开车来这里？我现在还没办法作出合理的推测，但如果说原因和美季子无关，我怎么都不会相信。

“所以，现在我们要做的，是两个方面。第一……”说到这里，我忽然停住，看了看梁应物，说，“算了，我只负责说我的推测，怎么行动，是你的事。”

梁应物一笑，接着我的话说：“现在我们要做的，是两个方面。第一，回医院之后，做一次现场还原，看当时的情况，如果河童是真的，那个接应者最可能处在什么位置，用什么方式带走河童。第二，调查美季子。我们现在有她的名字、大概的年龄范围、结婚时间、生子时间，以及居住的街区。如果真有这么一个人，那么查出她的详细资料不是件难事。这两条线同时并进，我想我们就离终点不远了。”

“我在想，美季子的基因会不会也因为核辐射而变异了，也许她也同全奉诚一样，从原本可以在水下待半小时，变成了可以长时间地待在水下。”我说。

“啊，这样的话，可能在沉没之地接应全奉诚的就是她。你们在说话的时候，她就在旁边的海里呢。”陈果说。

“是啊。”我点点头，“这样的话，那么就真的有第三个人了。那会是谁呢？能和全奉诚、美季子绑在一起的，也是个非人吗？”

我又想到了无面人那张可怖的脸。如果这就是第三个人，那无论如何都不能算是个正常人吧。

总算摸到线头了，尽管还迷雾重重。全奉诚和美季子为什么要抢河童，还有无甲龟和海底人遗体。他们一个刚从海啸中逃生，很可能死了丈夫和孩子；另一个为了知道过去的恋人是否平安，从中国远道而来。这样的两个人，到底为了什么，要冒险做这种事情？这其中的利益点在哪里？

看来，关键还是在第三个人啊。

我真正兴奋起来。好久没有这样的感觉了。

我预感，前方有一个大秘密。

这秘密包括全奉诚、美季子和无面人，也包括那些飞速变异的生物，更包括海底人遭遇毁灭的真正原因。它们之间，有一条隐秘的线串联着。

回到医院，门前竟然已经撤了封锁，也并没有想象中的大队自卫队队员或者警察。我和梁应物用手机一通拍照，各个角度、各个方位都一一照到。我们会把这些照片做成现场还原图，并尽量回忆出当时现场所有人所处的位置。

我问梁应物是否会在电脑中建模，他说没带着这样的软件，到时就用土办法。用一张大白纸画好当时的平面图，然后把拍好的照片钉到相应的位置。

我们拍了有上百张照片，涵盖了各个角落。但照片只能反映基本的地形情况，在没有监控录像的条件下，我们只能靠彼此的回忆，在照片的基础上还原出人群的分布，包括车辆或其他可能成为逃离工具的东西。

陈果曾提出是否向日方调取医院和附近街道的监控，被梁应物再次否决。

梁应物的理由很有道理，一旦提出申请，我们的意图就无法隐藏，整件事就会在日方的掌控下进行，这不符合X机构的利益。而且在现在的电力条件下，监控设备很有可能并未起作用。

我偷偷问梁应物，陈果多次提出和日方合作，似乎比较亲日，这是什么原因。梁应物说，她也不是亲日，而是希望可以在世界范围内集合整个人类文明的力量，去破解各种谜团。在X机构内有很多人都有类似的看法，基本上都是年轻的成员。等到上了点儿年纪，见得多了，这种想法自然会慢慢改变。

他说了这些，看看我，又说："我知道你未必认同，但你得承认，这世界就是如此，并不会因你的喜好而改变。"

我没法反驳。

在拍照的过程中，我再一次领教了梁应物惊人的记忆力。每一张照片拍下来，他都会和我核对当时该处的情景。虽说那时候我也仔细观察过周围，但和梁应物一比就差得远了。仿佛他的脑海中早已拍好了一组照片似的，别说有几个人，连是男是女穿着打扮，他都说得出来。说是和我对，其实我只有应和的份儿。

这样一圈下来，梁应物的眉头越锁越紧。因为我们这样对一遍，竟没有发现任何可乘之机。当然，我们回去还要把图做好，把照片钉上去，还要问更多的人当时的情况。但预料中，至少现在就该有一些疑点出现了，特别是梁应物这样变态的记忆力，相信已经还原了八九成出来。

可是在这八九成里面，我们没有发现大的疑点。最主要的是，我们核对下来，觉得当时在场的人里，除了医院的人、自卫队的便衣之外，竟没有几个路人。这所谓的"几个"还是存了疑的，可能一个路人都没有，全是便衣。这也十分正常，现在南相马市和死城差不多，市民们不到万不得已，基本上都不上街，白天街上空荡荡的，一个路口十分钟见不到一个人影也不奇怪。

"如果最后还是找不出疑点，说不定真要想办法去找监控录像了。"梁应物说。

说话的当口，原本被梁应物打发走的陈果急急忙忙地从医院里小跑出来。

“知道全奉诚的计划了。”她劈头就说。

我们两个全都一愣。陈果把打听到的消息一说，我们才明白，为什么附近的封锁搜查早早解除，原来在事情发生后不到三十分钟，日方就取得了关键性进展。

取得进展的地方不是我们照片上的任何场所，而是医院内的一个男厕所。一名自卫队队员被发现吸入过量乙醚昏倒在厕所隔间，全身被扒到只剩内衣。而令人瞠目结舌的是，这名自卫队队员，赫然就是看守河童的两名自卫队队员之一。

在把河童运上车时，一名自卫队队员负责抱着河童，后来被隐形的全奉诚绊倒。另一名自卫队队员当时在几米外护卫，而正是这名叫做大江雄一的队员，被发现昏倒在厕所里。

也就是说，这名大江雄一，在同一时间里，既昏倒在厕所，又出现在医院门口。毫无疑问，出现在医院门口的这个，是冒牌的。

当时没有任何一个熟识大江雄一的人看出破绽，事后日方调出监控，也看不出问题。只是那名被绊倒的队员回忆说，觉得雄一的表情有些呆滞，当时只是以为他紧张，并没当回事情。

这样惟妙惟肖的扮演，已经超出了易容改扮的范畴。只可能说这个人有超越人类文明的科技手段，或者是天生具备改变自己形体特征的能力。

这样的事情，在普通人眼中或许惊世骇俗，难以理解接受。但不论对于X机构还是日本的类似机构，都不能算是天方夜谭。就算是我，在认识的人里能做到这一点的就两个：六耳，还有刚刚分别的水笙。

这个发现解答了很多的问题。比如之前货车司机的疑案里，原本怀疑司机有可能被深度催眠，或者采用的是其他的精神类手段。但现在基本可以确定，路人看见的开着车的司机，其实并不是司机本人，而是另一个和他长得一模一样的人。

而无甲龟被窃的录像中，无面人的模样也有了更多的联想。如果有人能改变自己的容貌，使自己变成另一个人，那么让自己看起来变得恐怖，就更是小菜一碟了。

“我明白了。”我脱口而出。

全奉诚出手时，现场的情形如电影般在我眼前浮现。河童站立时，面朝的方向是医院正门，也是“大江雄一”正跑向的方向。原本我们的设想是全奉诚会把河童扔向某处，现在看来，如果全奉诚抱着河童冲向“大江雄一”，那么看起来就会是河童凌空向“大江雄一”扑去。也许会有一番“缠斗”，也许“大江雄一”会直接掉头跑进医院。

“当时医院内，有没有停着的车辆？”我问陈果。

“我立刻去查。”

“有！”梁应物直接肯定地说，“靠近院门的地方，停了一辆 SUV，后厢的门是开着的。”

“怪不得我们在医院外找不到全奉诚的后手，原来根本是在医院内。‘大江雄一’被河童追进医院，吓得魂不附体，逃进车内发动，河童扑进车后厢，然后车子发动直接穿过医院，从后门驶离。而‘大江雄一’的自卫队队员身份，会让其他人的反应慢一拍。如果河童是真的，这个计划很可能会获得成功。”

“那我们应该立刻去查这辆 SUV 的底细。”陈果说。

“没用的。”梁应物摇头，“这辆车本来就是准备要暴露的，一定不会留下线索。现在日方的反应到了哪一步？”

“不清楚，好像也在查那辆车。”

“你现在就去查美季子，希望我们能走到他们前面。”

“是。”被派了活儿的陈果显得很高兴，快步离开。

回到“长海医院研究室”，梁应物给他的组员打了四个电话，要求他们在两小时内回来待命，同时在医院前后的街区布置了两辆车。

陈果则把电脑敲得噼啪作响，也不知从什么途径得到的权限，她进入了日本厚生劳动省的内部网站，开始搜索沉没之地的居民情报。

几分钟后，她把一个页面放大，让我们来看。

川崎美季子，三十二岁，无业。丈夫坂田龙一,三十五岁，眼镜店店主。子坂田俊男，今年一月二十三日出生。这三个人目前的状态，都是失踪。

从照片上来看，川崎美季子长了一张鹅蛋脸，眉目温婉，典型的日本美人。

“应该就是她。”陈果说。

“全都失踪啊，那就是死了呀。”我摸着下巴说。

“整个沉没之地涉及的街区，现在的灾后统计结束了吗？有多少人活下来，多少人死，多少人失踪？”梁应物问。

陈果一边把美季子一家的资料打印出来，一边根据梁应物的要求继续查。

“统计肯定还在继续，没那么快结束。目前确认活下来的人……七个！”

我不禁哆嗦了一下，那一片怎么也得住了几百上千人吧，只活下来七个？

陈果忽然“咦”了一声，叫道：“梁主任，你看一下这个人。”

她把七个幸存者其中之一的照片放大。

“我怎么觉得这个人有点儿眼熟？”她说。

这个人叫加藤佐枝，四十三岁的中年女性。

“查一下医院的员工名单。”梁应物说。

他说的医院就是我们所在的南相马市综合医院。陈果飞快地查询，正式员工名单里没有这个人，但是在临时志愿者里找到了。

这位死里逃生的加藤小姐，主动要求来医院当志愿者。这样的身份这样的要求，显然很容易被接纳。目前她协助做些我们这幢楼的清扫工作，有时也和另一幢楼里因地震，海啸受伤入住的病人谈心，帮助他们心理重建。

怎么可能有这样的巧合，显而易见，这个加藤小姐有问题。她很有可能就是全奉诚的合作者，就是那个“货车司机”、无面人和“大江雄一”。既然她能变幻成各种模样，那么这个加藤佐枝的身份，多半也是假的。

综合之前的种种线索，最符合逻辑的推断，这个加藤佐枝应该就是川崎美季子。但问题在于，美季子的能力是皮肤呼吸，这和改变形体全然无关，一般来说，如果是已经基因突变过的非人，那么由辐射催化的再次突变，总是顺着之前的路线来的。就比如全奉诚从之前头颅的隐形，迅速突变至全身都能隐形。难道说，美季子竟然产生了另一种新的基因变化？这实在是太特殊了。

不管怎么样，先找到这个加藤佐枝再说！

加藤佐枝平时应该在一层活动，梁应物联系了那两辆车，其中要到医院后门的车已经快要到达位置，另一辆还在路上。他命令车上的组员都开通步话设备，随时待命，然后扔给陈果一个耳麦式步话机，让她戴个帽子遮起来，到一楼大门处守着。

我们从楼梯飞快地下到一楼。然后梁应物放慢了速度，并提醒我别着急，放松些，别让加藤佐枝看出来。

我点点头，出了楼梯口，忽然觉得，这一楼比先前要忙碌混乱一些，人比之前多了三成，而且一个个都急匆匆的，且神色严肃。

我叫住了桂勇，他正推着推车往门口方向去，推车上放了一只玻璃箱，箱里有一只硕大的红虾。

这红虾比我之前看见的还要大出许多，简直赶上大龙虾了。

这红虾并不是前几天我看见的那几只。那些在经过了几次脱壳后纷纷死去，根本不可能长到这只红虾这么大。先前和桂勇聊时，听他说起过这只新发现的红虾。在无数只巨大化的红虾里，只发现了这一只在突破了极限后，还继续脱了三次壳，并且稳定下来。所以，这一只红虾的科研价值，不是之前其他研究组捕获的可以相比的。

“这里有问题，不安全，所有有价值的生物样本都要转移。一转移了研究起来就麻烦许多。”说着桂勇向外头瞥了一眼，说，“也不知他们在忙些什么，整幢楼现在唯一有价值的就是我们的红虾了。其他那些，被偷去也没什么损失。”

他耸耸肩：“先不说了，回头再聊。”

看来在诱蛇出动的河童计划失败后，日方改变了进攻的策略，打算先守住原有的东西。估计他们针对对手能改变形体的能力，制定了相对安全的保存方式，但这样一来，对研究人员来说，必然会增加一堆烦琐的手续，所以桂勇才抱怨。但这也没有办法，先前院门口的那一场，估计这些学者或多或少有些猜测，不然日方的指令下来，这里肯定又得闹翻天。

“得快点儿找到她，现在的形势对她来说越来越艰难，等日方把该保护的东西都保护好，腾出手来就该排查了。也许她就要跑了。”梁应物说。

“那她也可能会立刻进行下一步行动，如果这里还有东西是她感兴趣的话。比如红虾，桂勇那边，我们要不要……”

梁应物拉住一名护士，问了加藤佐枝在什么地方，护士向前一指。

“那边的休息室。我们先过去看。”梁应物说着，又通过步话机让陈果盯一下桂勇，防止出岔子。

那间休息室就在十几步外。梁应物在前、我在后，他一推门走了进去，我突然愣住，脚下像钉了钉子，一动都动不了了。

梁应物进了门就又出来：“没人，就一套脱下来的工作服。哦，你在看什么？”

我用手一指。前方是中庭，有一座螺旋楼梯可达楼上。在那螺旋楼梯上，一个人正从二楼往下走。

那人是桂勇！

第二个桂勇！

“那刚才那个推着红虾的……”梁应物脱口而出。

“快追！”我和梁应物撒腿就往门口跑。

“陈果，拦住桂勇，他是假的！”梁应物在步话机里对陈果说。

“啊，我看见他了。”

“别废话！”

这时，我们已经看见桂勇了，他不紧不慢地走着，就要出门。我们的狂奔弄出的声响惊动了桂勇，他转过头来，皱起了眉。这时候，陈果从斜角冲出来，一个标准的飞铲动作，把桂勇铲倒了。

旁边惊呼声一片，门口负责审核进出人员的自卫队队员错愕地大叫怎么回事。

桂勇倒地后反应敏捷，向旁一滚先扑住了推车上的玻璃箱，然后冲陈果大喊“你干什么”。

陈果一脚铲倒桂勇，自己倒地后像是磕伤了腿，这时还没爬起来。但有她这一脚，我和梁应物已经到了。

“我人你箱。”梁应物飞快地说，然后一脚踹在桂勇的胳膊上。这一脚携着一路奔来的冲力，把桂勇踢得翻了个个儿，玻璃箱也离了手，连着手推车一起向旁滑开。我一把拉住手推车，向旁边跑出几步，离开梁应物和桂勇缠斗的区域。

其实根本没有什么缠斗，梁应物一脚踹飞了桂勇，桂勇见到我们两个，瞠目大骂，说：“你们疯了。”梁应物没给他任何机会，扑在他身上，一手肘顶在他的胸口，然后手臂向上一滑扼住他的咽喉，单膝压在他的腹部。

桂勇毫无还手之力，痛苦得一句话都说不出来了，皱着一张脸，嘴角吐着沫子。

一声清脆的枪响，自卫队队员向天空鸣枪示警，让我们放开桂勇。

“那家伙是假冒的，要抢红虾。”陈果连忙用日语说。

我盯着那边的桂勇，虽然他现在看起来被制伏了，但不知怎的我心中总是觉得不妥。忽然他原本眯起的眼瞪大了，我回头一看，只见真的桂勇急步跑来。在同一场景出现了两个一模一样的人，周围顿时一片哗然，那自卫队队员也傻了眼。

我又看了一眼被梁应物压着的桂勇，两人真是一模一样，只是表情不同。地上的这个，现在痛苦中透着惊讶，似是想说什么，但咽喉被卡住，出不了声。

“谢谢了，多亏你了。”真的桂勇跑到我面前，拍拍我的肩膀，把手推车接了过去。

等等，他用的是英语。那语调……

电光石火间我突然想到，刚才地上的这个桂勇说的话，他在被梁应物卡住脖子前开过骂，那是用英语骂出来的！

见鬼，这个才是真的。人在最关键的时刻，脱口而出的必然是母语，如果他是加藤佐枝或美季子，说的应该是日语！

我们进入了思维定式的误区，之前一直在讨论怎么抓住加藤佐枝，研究她改变形体的神奇能力。当两个桂勇出现时，下意识地认为加藤佐枝必然已经得手，推着红虾的那个就是她改扮的。

“错了！”梁应物突然松开手，冲我大叫。他也反应过来了。

我一把抓住手推车，要把车子拉过来，手上却忽然一轻。假桂勇已经放开了推车，弯腰抱起了玻璃箱。

这玻璃箱里有水，总也得有几十斤的分量。但他一把抱了起来，轻松利落，一抬脚就跨跃出了两米多远。这样的步幅，我立刻想起了无面人。

我用力一推推车，车飞快地向前滑去，撞在他左腿脚踝上。他痛呼一声，失去平衡，一个踉跄，眼看就要摔倒，却左膝在地上一磕，又回弹起来。这动作，再怎么接受过专业训练的特种兵都做不出来，因为已经超出了正常人类的范畴。

“停下，否则开枪了。”先前鸣枪的士兵大喊，用枪口对着假桂勇。假桂勇回头见黑洞洞的枪口，竟用力将玻璃箱向士兵掷去。这一掷势大力沉，速度奇快，根本不容士兵有反应的时间。几十斤重的玻璃箱把他砸得仰面倒下，枪脱手，人也没了声响，玻璃箱粉碎。

就在哗啦啦玻璃碎裂的声音中，假桂勇回蹿过来，右臂暴长半尺，触手般在地上一扫而过，一把捞起了在地上乱蹦的红虾。巨大的红虾两只钳子一阵乱舞，奋力去夹假桂勇的大手，但根本无济于事。

假桂勇几乎是贴着地向前冲，卷起一阵风，速度绝对超过了百米世界纪录。在这个相对狭小的空间里，更是显得如闪电般迅疾，所有人都无法作出及时有效的应对。梁应物这时刚刚一骨碌从地上爬起来，他这个动作和假桂勇一比，显得如此缓慢，仿佛是个电影里的慢镜头。他试着伸手去抓，却抓了个空。

他竟是又冲回了楼里！我紧跟着他，眼看他的速度比我快得多，大叫一声：“美季子！”

我是用中文喊的，我并不知道他是否真的是美季子，更不知道他会不会中文，但这时我哪里还想得起用半吊子的日文喊她的名字。

他明显身体抖了一下，脚下微微一顿，让我稍拉近了些。果然是美季子，没错。我现下已经没空去想她为何会变成这副模样，先想法截住再说。

梁应物跟在我后面，用日语大喊：“拦住这家伙！”

这声一喊，前面又加速了。

“别跑，想知道全奉诚在哪里吗？”我情急之下开始胡扯。

他猛地回头，那脸就在我眼前变形，恢复了照片上美季子的面目。那本是一张清秀的脸，但经过了肌肉骨骼的这一阵挪动，再看就显得极其诡异。她盯着我，脚下速度已经放慢，好像在犹豫着要不要停下来。

她这一回头的工夫，旁边杀出另一个自卫队队员，手里拿了根警棍，狠狠一棍敲在她的头上。她的头本就扭着，被这一棍敲得一歪，分明是颈骨断了的模样。她嘴里溅血，却硬是不倒，歪着头，一巴掌把那一米七的男人拍得翻跌出去。我看得分明，她的手已经变得十分粗大，有普通人两个大，活像把蒲扇，而且表面发黑，扇在那士兵的脸上，发出的声响像是硬物碰击。

这一下阻拦让我追近了许多，离她只有五六米远了。但我心里不禁发慌，这美季子现在可不是什么弱女子了，我就算追上去，也就是一巴掌的事啊。

怕归怕，脚下不停。美季子被敲了一棍后，再次加速，沿走廊向后门跑。现在一楼的人本来就不少，被梁应物那么一嗓子，很多人都想帮忙拦下美季子，但她的模样在奔跑中已经变得相当恐怖，脸是变回去了，但脸上的肌肉起起伏伏，像随时都会掉块肉下来似的。一只手变得乌黑粗大，大腿处的肌肉鼓裂了裤子，两只脚掌也大了一半，左脚的鞋甩脱了，右脚的鞋撑破了，露出的脚趾如兽爪。如此一个似人非人的家伙飞快跑来，能鼓起勇气出手的人少之又少。

不过总还是有恪尽职守的人。一个穿着便衣但多半是自卫队队员的人，身上的肌肉横着长，像块方方的麻将牌，双腿微屈分开，摆了个空手道的姿势。在他旁边是个黑人研究员，也不知是哪国的，足有一米九高，一看就是个爱去健身房的，身上的腱子肉把连帽衫撑得满满的。两个人迎着美季子，并排在走廊里一拦，就把去路完全堵死了。

美季子冲到他们身前三米的地方，突地一个急停，人半蹲下去，然后猛跳起来。那样子，就像一只大虾。

这一跳直接触到了三米高的天花板，她那只乌黑的手在天花板上一撑，又向斜下反弹回去，正好落在一高一矮两人的身后。这就是一眨眼的事情，两个人根本来不及反应，脸上一片茫然。

紧跟着美季子的我不得不稍放慢速度，用手在两人之间一拨一推，挤了过去。

可眼前竟没了美季子的踪迹!

正在我发愣的时候，有一声惊呼。惊呼是从左前方发出来的，那儿是厕所。

我急冲至厕所门前，在男女厕所之间选择了女厕所。因为刚才那声惊呼是女人的声音。

伴随着一声闷响，一个女人跌跌撞撞地从里面逃出来。我叫了一声梁应物，他回答明白，然后我就冲了进去。

这一声是让他看着点儿逃出来的这个女人，别是美季子改扮的，虽然这么点儿时间换全身的衣服不太可能，但还是得防着点儿。

冲进女厕所，转过洗脸台的弯角，正对面有两扇移窗。移窗很窄，原本未必能钻出人去，而现在这两扇窗已经全都不见，被整个撞碎了。从这扇窗出去，离后门就只有三十米远了。

眼睛扫见窗外美季子的身影一闪，我急忙跟上，喊了一声："跳窗跑了，要走后门!"从窗洞里一跃而出，这动作平时让我做绝对悬，落到地上我打了个滚，手上膝上一阵痛，想必是被碎玻璃扎了。这时我哪儿顾得上看伤口，眼睛盯着前方飞奔的背影，拔腿就追。梁应物紧跟着也从窗口跳了出来。

在这种平地上，我们两个完全跑不过美季子，但她居然跑偏了，并没向着后门去，那个方向只有院墙啊。

我下意识地要跟上去，梁应物在这种时刻脑袋依然清楚，让我出后门包抄。

"我们分开，这种院墙我们追到墙根，她一翻就过，我们只能干瞪眼。我来跟着她。"

我和梁应物分开，直奔后门去。跑出了后门，正要往美季子刚才的方向包抄，就听见轰鸣声响起来。几秒钟后，一辆摩托从医院内飞驰而出，上面的骑手正是美季子。她没戴头盔，双手握把，那只大红虾竟被她衔在口中，一头不知什么时候长出来的长发如八爪鱼般在扑面的风中飞舞，看起来真如恶鬼。

她见到怔住的我，竟掉转车头，直奔我而来。

她要干什么？我吓了一跳，只见一只乌黑的大巴掌冲着我就来了。我想起那被一巴掌扇倒的自卫队队员，急忙低头闪过。不提防那只手反手一捞，揪住我背心，力量奇大，我被她一把就抓起来。我连连挣扎，击打在她身上，觉得她身上柔软至极。这柔软可不是女性身体的柔软，而是软体动物的软，拳头打上去吃不住力。天知道这衣服底下，是一副怎样的躯体！

两拳擂上去我就知道没用，这时已经出去了快十米。美季子原本一手握把一手抓着我，忽一俯身，用前胸暂时压住车头方向，握把的手松开，一拳向我猛击而来。我用力一挣，摩托摇摆起来，这一拳也落了空。我知道此时危急，一把扯开自己的夹克，身体一缩，终于挣脱出来，摔在地上。

但美季子不准备放过我，我还在地上打着滚，她就扔掉手里的夹克，掉转车头向我而来。我心里知道，她这样盯着我，恐怕是我之前那句关于全奉诚的瞎话惹的事。她终究还是关心全奉诚的，想要抓住我好好审问。这追逃之势，一时竟完全逆转。

我已无暇后悔，眼看着车轮飞速接近，完全来不及站起来，所能做的只是在地上多打几个滚，这又有什么用处？

就在这电光石火间，一辆黑色轿车斜次里蹿出，猛地侧撞在摩托车上。摩托车被撞得凌空飞起，车尾在路灯柱上挂了一下，打着旋儿摔在人行道上，连人带车飞出去十几米远。

我这时才停了翻滚，头晕眼花，一时站不起身，只能撑坐起来。

轿车车门打开，驾驶员正要出来，只听见远远一个声音喊："别下车别熄火，她没那么容易挂。"

这是正奔出来的梁应物，看来这车就是他之前布置在附近的。

车门又关上了，与此同时，和摩托车摔作一堆的美季子动了。她本趴在地上，现在蠕动了一番，慢慢站起来，她的脸都歪斜了，但只有嘴角有些许血丝。

美季子用力摇了摇头，似乎刚才的碰撞只让她有些头晕。她并不往我们这里看，而是四下打量，然后弯腰捡起了地上的红虾，也不知道这虾现在是死是活。

我见她弯腰，心里一惊，这动作较她站起来时已经快了许多，她在飞速恢复过来。

“再撞她！”我大叫。

美季子还没直起腰，听到我说这话，侧过脸盯着我。

“撞！”梁应物在后面叫。

轿车轰然加了油门，美季子猛地抬起头，冲着向她而来的轿车张口咆哮。她的嘴张得有半张脸大，露出森森白牙，却没有声音发出来。我一阵头晕，那轿车的前风挡玻璃一下子碎裂开来。

这是次声？她竟然还能发次声？

她虽不是冲我吼的，但余波已经让我濒临昏迷，摇摇晃晃，再也撑坐不住，歪倒在地上，头痛欲裂，左脸蹭在地上，勉力睁着眼，就看那黑车打偏了方向，冲上人行道，擦着美季子撞进了一家原本关着门的店铺里。

奇怪的是，发出了这声大吼的美季子却站在那里一动不动。不，她全身轻微颤动着，却挪不开步子。这情形，就好像游戏里怪物发了大绝招后，陷入了短暂的僵直状态。

看来，她能有这么多能力并不是没有代价的，也许能力用得越多，她的基因就越陷入崩溃的边缘。

这是机会，我奋力想振作起来，可身体还是软软的不听话。我慢慢扭转上身，去看梁应物，就见他单膝跪在地上，向我这边望来，然后慢慢地站直。

他离得远，受到的冲击小！

另一边有动静了，我转回去看美季子，发现她已经恢复过来，动作迟缓地走到摩托车旁，把摩托车扶起来。

该死的，这车竟还能发动。她跨上车，在梁应物跑来之前，歪歪扭扭地驶离了。

梁应物一声不吭地跑到我身边，几下拉开略略变形的轿车车门。

“你怎么样？”他一边问，一边从驾驶座上拉出个满脸是血的年轻男子。

“头晕，没力气。”那人回答。

梁应物把他拖到旁边的平地上，在对讲机里呼叫救护车，又重新钻进车里。

车发动了，也还能跑。

梁应物飞快地把车倒出来，头伸出来冲地上的伤员喊了声：“等待救援。”然后在我身边停下，把我扔上后座，再次上车，顺着美季子逃跑的方向追去。

这时，摩托车的轰鸣刚刚消散在空气里。

“没事吧？”他一边开车一边问我。

我的眩晕慢慢退去：“还行，你开稳一点儿。”

话音刚落，梁应物急打方向盘，我刚爬起来，脑袋就撞到了车窗上。

“要稳就追不上了。”梁应物说。

我总算坐直，估算这车已经开到了一百二十迈以上，这可和高速公路上开一百二十迈完全不同。参照物很近，刷刷地被甩在车后，比高速开到两百公里还让人提心吊胆。还好现在路上空荡荡的，没车也没人。

远远的，已经能看见摩托的屁股，没跟丢！

“居然追上了，刚开车的时候，她不是已经跑没影了吗？”

“我猜她的目的地是沉没之地。知道她要去哪里，要是还赶不上，嘿……”

从南相马市综合医院到沉没之地只有短短十公里左右，照这样的追赶速度，要不了多久就能截住。

梁应物还在步话机里和陈果通着话，她也开了车，梁应物让她想法绕到前头去堵。这是在日本，在别人的地盘上，一时间竟然只有我们在追踪，抢在了日方之前，这感觉还真奇妙。

前方摩托又拐进岔路，这是一条只容摩托过的小径。但正如梁应物所说的，知道目的地，再怎么耍花样都无济于事，用不着担心追丢。

梁应物从大路上绕过去，轿车车速快，虽然摩托走的是捷径，但并不会被落下太多距离。

然而我们的车绕过去之后，向前猛开了两公里，都没再见到美季子的摩托。

“还有其他的路吗？”我问。

“这条是最近的路，其他都得绕远路，对她来说并不合算。难道她不是去沉没之地？”梁应物说着，把车停了下来。

“那辆货车坠海的地方！”我忽然想到了。那儿离沉没之地很近，但走的是附近另一条路。

梁应物立刻掉头，并抓起步话机通知陈果，她的位置现在要比我们更接近那条路。

“看见了。”几分钟后，步话机里突然传来陈果既紧张又兴奋的声音。

“我准备撞她。”

“小心点儿。”梁应物说。

陈果突地一声大叫，然后步话机里传来非常嘈杂的电流声，随后是“砰”的一声巨响。

梁应物再呼叫陈果，却没有回音了。

这时已经非常接近断崖，我们不知道前面发生了什么，梁应物只能猛踩油门。转过一个弯口，就是上坡路。这时，我们看见陈果的车失控冲出了道路，撞在一株樱花树上。前面不远，摩托车倒在地上，不见美季子。

梁应物在陈果的车边停下，我跑下车拉开车门把她抱出来。她看起来还好，估计和我先前一样，被次声攻击了。

陈果一时还说不出话来，只是用眼神向前面望去。梁应物会意，我把她放在后座，自己跳上副驾驶位，车向前开了没多远，就瞧见了美季子。她正向崖顶跑去，速度比正常人都慢，看来也已经精疲力竭。

听见我们车的声音，她转头看来，梁应物冲她笑笑，踩下了油门。

她再次张开了嘴。

无声的冲击波再至。

梁应物已经防着这个，控制着车速，没敢把油门踩到底，车正在上崖，如果方向打偏可就出大事了。见到她张嘴，第一时间就踩下了刹车。

轮胎尖叫着，车停了下来。风挡玻璃没碎，这一声的威力已经不比之前。梁应物的状态比我和陈果都好，并没有完全失去行动能力，在车往坡下溜了五六米后，及时拉起了手刹。

十秒钟后，梁应物摇晃着脑袋，打开了车门，跌跌撞撞地走下去。他眼前的世界肯定和我一样，是旋转的，这车是没法开了。旋转的世界里，前方的美季子竟似倒了下去，哦不，她在向前爬着。我勉强把门打开，下车的时候摔了一跤，爬起来跟着梁应物慢慢往前走。

美季子离崖口已经只有十几米，她最原本的非人能力就是在水下呼吸，如果她跳下去了，我们就前功尽弃了。

我和梁应物虽然走得比她爬得快，却还差着近二十米。这二十米平时就是几步路，但在天旋地转的情况下，我们都走不了直线，歪歪斜斜的，怎么都难以赶上。

美季子终于站起来了。我心里失望至极，都已经追到这份儿上了，却要眼睁睁瞧着她在眼前消失。

出乎我的意料，美季子踉踉跄跄地向前走了几步，忽然用力一掷，把手里的红虾扔进了海里。做完这个动作，她好似用尽了所有力气，再次倒了下来。

“哈，她不行了。”梁应物大笑。

我松了口气，看来频繁的次声攻击对她的负担真是极大，看这模样，一会儿我们要抓她，估计应该没什么反抗能力了吧。

至于那红虾，不知对于美季子来说有多大的意义，到这步田地，还要先把红虾扔进海里，这算什么，放生吗？反正红虾没了就没了，重要的是美季子。

正自放下心来，却听见了雷声。

闷雷咆哮，不是来自天空，而是来自海中。莫非海里有个海神，受了红虾的祭奠，要开始显灵？

这雷浩浩荡荡，转眼间席卷了整方天地，并不高亢，却震撼人心。我整个人都被震荡着，无法再向前行走，梁应物也是一样。我开始意识到，这也许不是雷，是海潮声，什么样的潮会卷起这种声音？一秒钟后，我们两个就看见了终生难忘的景象。

海竖起来了！

一道蓝色的水墙，突然从崖下升起来，高过崖面数十米。然后，水墙前沿浪花翻卷，仿佛一只巨手，一翻掌就向我们压了下来。

一时间，空气都被排空，我难以呼吸。

我只能这么抬头看着，看那几乎无边际的海水直压下来。

我一直在想，面对死亡时，我会是什么样子。

安详，平静，直至巨浪及顶。

第十章
深海阴影

浪裹着我，投入旋涡的中心。我全身仿佛覆了一层膜，不知是水还是另一种东西，柔软冰冷，却把我牢牢束缚。几秒钟后我就被卷至海底，但依然能够呼吸，一个水泡裹着我的头部，给我送来足够的氧气。

当那平地升起的滔天巨浪及顶的时候，我真的有一种世界末日的感觉。我离崖岸尽头还有二十来米，但这巨浪怕有百多米高，遮天蔽日，这样的高度，就像是一幢五十层的高楼倒下来，而我正在那阴影中。

巨浪终于落下，轰然拍打在崖上。冰冷的海水瞬间把我淹没，我无法站立，一屁股坐倒，又被冲得躺下去，翻了几个滚。只是我心里，无比惊讶。

怎么会这么轻?

那巨浪看起来泰山压顶，最后我竟没怎么受到自上而下的击打，主要是前方还有两边的冲击，而这冲击也并没有多么猛烈，就把我冲得打了这几个滚，简直太轻微了。

我这么想着的时候，海水已经散去，我被水这么一淋，原本晕乎乎的脑袋倒是彻底清醒了，爬起来，看见梁应物就在不远处，一副惊魂未定的模样，但显然也没事情。陈果在我们后面，也全身湿透跌坐在地上。海水在地上化为无数条细流，顺着凹凸不平的石崖表面流淌，许多凹地变成了一个个水潭，还有些卷上来的鱼虾在蹦跶着。

“美季子呢？”梁应物说。

我闻言连忙四下张望，却不见美季子的踪影。

被那巨浪卷下去了？

陈果从后面跌跌撞撞地走上来，结结巴巴地问："刚才这是怎么回事？怎么会有这么恐怖的巨浪，天哪，海啸都没这么高的浪吧。"

我和梁应物面面相觑，不知该说什么。这当然不是海啸，这是人为的。说是人为，我并不认为是人做的，有哪一国的科技可以做到这种程度，有哪一个非人能有这么恐怖的力量？但这当然不是自然形成的，巨浪在落下时应该是分开了，所以并未对我们造成毁灭性的冲击。这代表造浪者在造出百米巨浪之后，还能对浪进行控制，这比造浪本身困难得多。我知道海底人在海中时，可以操控周围的海水。但即便是海底人中最杰出的水笙，也不可能做到刚才的十分之一！这石崖本身就有几十米高，现在想起来，刚才这道立起的水墙，总高度超过了二百米！

能做到这一步的生命，我根本没有听说过。我已经无法揣测它的能力极限，很可能我们现在在这里说的话，都逃不过它的耳目。好在它应该对我们没有恶意，否则我们就不是现在这个样子了。他的目的，恐怕就是美季子。

美季子现在已经到了海中，我们是再也追不上她了。

哦不……

一个模模糊糊、似真似幻的记忆在我的脑海深处浮现。

并不是没有人能做到这一点，如果是它的话，更夸张的都可以做得到。我没有第一时间想起它来，首先它不是人，甚至很难说它是"某一个生物"；其次，我并不能算和它有多深的交情，甚至不能算见过它，至少和它打交道的，并不是现在这个"我"。

会是它吗？

"那多，小心！"我正在回忆的时候，梁应物突然大声提醒我。

我忙四下一看，没有异常呀。

“脚下！”梁应物说。

我低头一看，发现四周的海水正在向我汇拢过来。仿佛我有引力一般，让那些小水潭和原本向崖下流去的细流向我靠拢，围绕着我，形成一个海水圆环。

这真是一个奇景，但我无心欣赏，也不敢乱动去触碰那些海水。既然刚才那样的巨浪都放过我了，现在这个变故，应该也不会是想要杀了我吧——我这样安慰自己。

这个圆环翻腾起来，上面显现出字迹。

“从未相聚，望能一见。”

这八个字在圆环上轮转了几圈之后，那股约束海水的力量忽然消失，圆环蓦地崩散。

见到绕着我的水环散去，梁应物松了口气，过来问我是怎么回事。

我心里想着这几个字背后的意蕴，一时间没有回答。

他以为我有所不便，拍拍我的肩膀，不再多问，转身向陈果走去。

他交代了陈果几句，让陈果先行开车离开，然后再转回来，问我接下来的打算。

“先离开吧，或早或晚，日本方面总会找到这里的，到时候我们在的话，会不方便。”他说着坐进了车里。

我走到车前，却没有拉门，说：“可是，有人约我见面呢。”

“谁？”

“掀起巨浪的人。”

“刚才那个水环？”

我点头。

“从未相聚，望能一见。”我复述了一遍那八个字。

“这话算什么意思，不通啊。既然没有见过，为什么这个时候要见，而且应该说‘从未相见，望能一聚’才符合逻辑，相聚是用在熟人之间的。”

“哈，别和非人类讨论人类的逻辑。再说，它说的也完全符合逻辑，因为这一位，我既可以说是见过，又可以说是没有见过。但是你，的的确确是见过的。非但如此，它能龙归大海，还是你的功劳。”

“是它？”梁应物变了脸色。

“我能想到的，就只有它一个。”

“太危险了，你不会打算去吧？”梁应物问。

“我还没想好呢。”我苦笑。

“要不我们一起去？”

我摇头：“水环只出现在我的周围，它只邀请了我。这样的邀请，要么不去，要去的话，还是按照它的意愿比较好。”

“忽然间提出这样的邀请，还真是……你要是去了，生死就全操控于它之手了。”

“你不觉得，刚才乃至现在，我们的生死就在它的手上吗？还是你觉得，你能从刚才的巨浪里活下来？”

梁应物皱着眉，手指轻叩方向盘：“如果是在国内的话，还能够出动一些力量来增加你的安全系数。在这里的话，也许我要申请日本方面的援手试试。”

他居然想要日方插手，可见实在是对这个邀约放心不下。

“怎么你这样担心，它在我的印象里，并不穷凶极恶啊。还是说……”我狐疑地看着他。

“抱歉，当年我没对你说实话。它是逃出实验室的，而不是我主动放了它。”

我倒吸了一口冷气。

在这里，我必须要对前因后果稍作解释。这是一个非常复杂的故事，为了简单起见，我只能打一个近似但很不准确的比方。之所以说我和它——欧姆巴（有人也称其为阿米巴）又见过又没见过，是因为另一个世界的我见过它，而这个世界的我没有见过（姑且这么说吧，否则关于“年”的故事可不是一两句话说得清的。相关故事见《过年》，此处不再赘述）。

在另一个世界，欧姆巴因为我的原因复活并回到了大海，而在这个世界里，我并没有直接和欧姆巴接触，反倒是梁应物复活了它，让它成为X机构的众多研究对象之一。那件事的几年后，我和梁应物谈起欧姆巴。梁应物说，X机构已经将其放归大海。我还很高兴地评价说，这样X机构会多一个非常强有力的朋友。

原来不是X机构主动放的，而是欧姆巴自己逃出去了。怪不得梁应物表现得这样不安，生怕它会对我不利。

“看起来它并不记仇，否则你现在不会好端端地在这里和我说话。至于请日方援手，更是没有必要，以它在大海中的能力，日本海上自卫队一齐上阵，也不是它的对手吧。”

梁应物沉默了半晌，说：“原本它逃走之后，我们非常紧张，因为按照推测，它能造成的破坏力是无可比拟也无法抵挡的。但后来竟无声无息，日子久了，我们也就掩耳盗铃，只当它没发生过，唉……看起来，你是决定要赴约了？”

“它显然和美季子是有关系的，美季子刚才拼尽最后的力气，也要把红虾扔进大海。我不禁琢磨，她这样不择手段地盗取变异生物，是不是和它有关。我如果接受这个邀请，就能解开其中的谜团。你知道，我终究是个好奇的人，如果有一条解谜的捷径摆在我的面前，而我不敢去走，以后想到这件事，我一辈子都会百爪挠心的。不过在这之前，借你的卫星电话一用。”

我用卫星电话打给何夕，并没说我将要赴一个也许会有危险的约，只是随意地扯些家常，又用轻松的语气告诉她也许我这里会有新进展，有了会第一时间再给她电话。我们相识已久，并不是每天都会通电话，但在某些时刻，心中会浮现她的身影，比如现在。她倒是很羡慕我接触到的红虾之类的变异生物，说如果当时和我一起来，现在就可以好好研究了。

打完这个电话，我又在车里小寐了二十分钟，感觉精神恢复了许多，便开门下车。

“你知道到哪里去赴这个约？”梁应物问。

我走到崖头，向下望，下面是汹涌的海，现在风不大，但那海水不安分得紧，浪一波又一波，在崖下打出层层叠叠的碎沫。

“我猜，应该是这里。”我说。

说完这句话，我就见到那下面的海水涌动起来，一个旋涡飞速地形成了。

我向梁应物挥了挥手，纵身跳了下去。

然而我毕竟没有类似的经验，腿不免稍稍发软，导致的结果就是我跳得太近了，眼看就要撞上一块突出的礁石。忽然那旋涡中飞出一朵浪，像条巨大的舌头，一舔，就把我卷入海中。

浪裹着我，投入旋涡的中心。我全身仿佛覆了一层膜，不知是水还是另一种东西，柔软冰冷，却把我牢牢束缚。几秒钟后我就被卷至海底，但依然能够呼吸，一个水泡裹着我的头部，给我送来足够的氧气。

我想我此时所看见的，永远都难以忘记，这样在海水中穿梭，仿佛自己是一条鱼，但又不受自我的控制。我几乎是贴着海底前进，在那些嶙峋的礁石之间，在惊恐四散的鱼虾之间，在被水流鼓荡起的海沙之间。我估算自己的速度，差不多在每小时三十到四十公里。看起来不快，但在水下，尤其是在这样的地貌，那真是快得炫目，比先前梁应物在大街上开到一百二十迈时都要刺激。区别在于，我会担心梁应物把控不住汽车撞上什么东西，但绝不会担心卷着我的这道水流会突然让我撞上礁石，我对欧姆巴在大海中的能力可是有着绝对的信心。

几个呼吸之间，我就出了崖下的复杂地貌，前方的海底逐渐变得平坦，而我的速度也进一步加快，这让我有一种贴地飞行的感觉。整个行程中，除了自己的呼吸和心跳，我听不到任何声音。四周一片寂静，如此迅疾前进造成的海底湍流，仿佛与我没有一点儿关系，一切都被裹着我的那一层似水非水的膜状物质隔绝了。

海底的美丽，我无须在此赘述，我所见的与潜泳爱好者所见的有很大不同。一方面，我如一支箭在海底穿行，而不是慢悠悠地在水下闲逛，速度形成了另一种美；另一方面，很快我就见到了街道。

海底的街道，海底的车辆，海底的房屋。沉没之地，我到了。

那水流挟着我，一会儿在街上，一会儿在小巷中，一会儿从残破门廊间穿过，一会儿绕着四轮朝天的货车转了一圈。还有一次，从一个洞开的没了门板的大门口冲进去，惊鸿一瞥间，我看见了破碎的电视、破碎的灯、破碎的钟、逃散的小鱼和鱼后面的白骨。然后我顺着楼梯直达二楼，床单在我面前飞舞，几乎要把我裹住了。我从轻柔曼舞的白布下无声地穿过，从洞开的窗户回到了街道上，继续向前。

这真是一方鬼域。

在这寂静无声的海底世界中，又有一种残酷的美。

我想，我会被带到沉没之地的某一幢屋子里，那必定就是美季子的家。美季子会在那里等着我吧。在被带进那幢屋子时，我几乎以为目的地到了。现在看来，还在更深处。

可是我错了，从屋里出来，我顺着街道笔直前行，再没有被拐去任何地方，一直到这死城的尽头。那儿是一道防波堤，主体还完好地耸立着。我贴着防波堤升起，在它的背后降下，向前向前向前，向下向下向下，已经进入了原本地震前的海底范围。

一只巨大的海星突然立起来。我从不知道这种生物能做出这样的动作，如同一个人张开双臂直扑过来，我能看见它表面青蓝色的不正常突起，就像张鬼脸。然而，下一秒就被水流冲走了。

这也是个变异生物吧，我想。

我现在的速度已经不会比梁应物的车速低了，远超过当下人类最先进的潜艇。我已经到了海平面以下一两百米，却没有感受到一点儿压力，呼吸自如。前方是一座高起的海底丘陵，我沿着丘陵的上坡升起来，直到最高点，又贴着下坡俯冲。我望见了，在丘陵的后面是一大片斜斜向下的谷地，以及……谷地中央的一幢孤零零的房子。

这是一幢日式的双层楼房，刚才在沉没之地有许多类似的房子。然而这里原本就是海底，谁能把房子造在海底?

那股力量裹着我，向着房子直直前进。我慢慢地看清楚了，这房子和沉没之地的房子一样，没有了门，没有了玻璃窗，但也有不同，这里没有进进出出的小鱼，没有攀附缠绕着的海草，干干净净的。分明有一股力量盘踞在那里，排斥着普通的海洋生物。

是欧姆巴的力量吧。

我是从二楼的窗户进入这幢房子的。

一进去，我就见到了美季子。

整个二楼是个大平面，也许原本有间隔，但现在已经没有了。接近中央的位置有一张床，美季子就在床上。她恢复了原本的模样，不仅是脸，手和脚也是，这让她的衣服显得宽松了。从窗户透进来的来自海面上的日光非常微弱，神奇的是，裹着我的那团水流开始发出淡淡的白光，我依稀能看见美季子的脸。她闭着眼睛，侧着身体，脸朝向我。五官因为海水的折射，显得有些扭曲。

自从进了屋子，我就不再被急推着向前冲了，那力量还在我身边，但稍解了束缚，让我能自己行走。

我慢慢地向美季子走了几步。她并未睁开眼睛，而我更意识到，她的皮肤呈现出一种不正常的暗色。

那种颜色，以我的经验来说……是血液凝结造成的——她死了！

不对，如果她死了，为什么能这么侧着身体，而不是平躺着。她现在的姿势，就像是……就像是……被人抱着！

是的，她的确是被人抱着的。她五官的扭曲也不是海水的折射，而是有一个接近透明的物体挡在她面前。

是全奉诚！

意识到这一点，我立刻就观察到了更多的东西。

首先，是有一个边缘痕迹淡到若有若无的气泡类的东西，包裹着这张床的。我想这和现在包着我的很接近，是提供氧气的吧。嗬，说自己快要死的全奉诚没死，前一刻还生龙活虎，施展各种手段把我们摧残得狼狈不堪的美季子却死了。

其次，当我走得更近一些时，我开始能分辨出全奉诚的轮廓了。和陆地上完全透明不同，现在的他呈半透明的状态。或许这不是陆地水下的分别，看到美季子在死去之后恢复了人样，会不会意味着全奉诚现在的状态很不妙？

我继续向前，美季子一动不动，这意味着全奉诚也没有任何动作。他是对我的到来一无所觉，还是因为美季子的死而心丧若灰，只想抱着她，对我视而不见呢？

走到离床还有两步远时，就没办法更近一步了。前方有一股力量在阻挡着我。我推了推，不动。然后眼前那层发着微薄白光的水流里，就显出了字迹。

“你看见的两个人，一个死了，一个即将死去，已经无法和你进行任何交流。”

我心中一震。原来全奉诚的状况比我设想的还要严重，已经在濒死状态了。他并没有骗我，跃入海中后，被欧姆巴带到这里，强撑着想见美季子最后一面，结果最后见到时，美季子竟先他而去了。

抱着一生的爱人，等待最后时刻的降临，这是否如他所愿？

“连你都救不了他们吗？”我发问道。我的声音在裹着我的膜里回荡着，嗡嗡作响，变成了连我自己都感觉陌生的声线。

“我连自己都救不了，怎么救他们？”

我大吃一惊。

“你自己？你碰上什么麻烦了？”

再没有字出现，我又感觉全身一紧，开始被牵引着往旁边漂去，顺着楼梯（其实已经没有了楼梯，只有一个通向一楼的方洞）下到一楼。

一楼的地板已经全都不见了，直接就是石质的海底。看到这里，我忽然醒悟，这幢房子并不是造在这里的，而是从别处移来这里的。这别处自然就是沉没之地了。

一楼的石质海底并不是平平坦坦的，裂了个大口子。

这道大口子绵延不知有多长，而这幢房子恰好就罩在裂口的一端。我先前从海底丘陵的坡顶下来时，因为光线昏暗，只模模糊糊地看见了这幢房子，却未曾留意到，在这幢房子后面还有这么道海底地裂。

卷着我的这股力量没有丝毫迟疑，就把我投入这张深不可测的巨口中了。

我是斜着向下去的，初时宽只有两米多，顺着裂隙向前，越来越宽，到后来稳定在三十多米。听起来很宽，但从整个海底地势来看，还是极窄极窄的。

这时我的速度并没有很快，可以容我比较细致地观察周围。这地底峡谷的两侧，乍一看如刀削斧劈般锐利，可借着身遭白光细瞧，我一激灵。

附在两侧绝壁表面的，是一层什么东西啊？那暗褐色没有一点儿光泽的，仿如胶质，更像是人的皮肤，上面一重重的褶皱，沟壑纵横。这种模样的褶皱，能让我联想起的只有一样东西——大脑。

这两侧的石壁，看起来和生物的大脑表面有九成相像。那一成的区别在于，这里实在太大了。

继续向前向下，我的视线不自觉地被脑状绝壁吸引，忽然，我发现左侧一道褶皱里有东西。

那是一截尾巴，并不是鱼尾，更像是蜥蜴或蛇类的尾巴，身体全陷在褶皱里，看不见。我在不断前进，所以没能看得很清楚。继续往前，我又看见另一处褶皱有类似的情况。这一次离我很近，我看得更清楚些，那是一只爪子。我分不出这是什么爪子，直觉属于鸟类，有四趾，都异样的长，最长的一根，比我的中指还要长出近一倍。

再往前，褶皱里的尸体越来越多，这简直是一座坟墓！从能看见的零碎肢体分辨，有海中的鱼虾蟹类，有天上的鸟类，也有陆地生物。比如就有一条狗，我只看见了它四分之一的身躯，可能是秋田。

我想我可能看错了，那条秋田没了皮肉的脑袋露了半个在褶皱外，大张着嘴，似乎死去之前在咆哮。那张嘴里有很多颗牙。很多很多颗，密密麻麻地有上百颗，让人心里发毛。

而在另一个地方，甚至有一只还未死去，两条粗短的后肢抽动了一下。我不敢对这个垂死生物的身份作出肯定的判断，但心底里忍不住怀疑着，太像了，太像无甲龟了。

莫非这座坟墓里埋葬的所有生物，全都是突变过的?

美季子就是在为这座坟墓猎取变异生物?不管是无甲龟，还是零号，还是红虾，最终的归宿都在这道大脑般的巨大海底裂隙中?

怪不得水笙放弃取回这最后一具族人的遗骸，并且讳莫如深。在海中，大概也只有欧姆巴这样的存在，才能让他这个海底人权衡再三，最后望而却步吧。

我在满目遗骸间又向前了大约一公里，这里陡然开阔，最宽处在一百米以上。我猜测，这里是裂隙的中心位置。

裹挟我的力量忽地转了方向，带着我直直向下，大概沉了两百米，我看见了峡谷谷底。

整个谷底，都被大脑表面般的褶皱包裹着。而在正中，有一个直径超过五十米的凸起物，从形状上来看，更像生物的大脑。而所有覆盖在谷底乃至峡谷两侧的褶皱肉壁，都是从这颗“大脑”上蔓延出去的。

我知道，这就是欧姆巴的本尊。

另一个世界的我，第一次见到欧姆巴的时候，就是一个像这样的脑状物。当然，那时的欧姆巴还没从亿万年的沉睡中醒来，体形小到可以单手托起。而当欧姆巴遇水复活，恢复成千上万双肉眼难以看见的单细胞虫，通过城市下水道进入海洋，大量繁殖，再一次聚拢时，就已经庞大到蓝鲸都难望项背的程度。

这就是欧姆巴，一种古老的和三叶虫同时代的单细胞生物。如果单个存在，那么既没有任何威能，也谈不上智力。但是当巨量化的欧姆巴虫聚拢在一起时，就会产生惊人的群体智慧，从而产生自我意识。欧姆巴虫繁殖得越多，群体智慧越超群，能力也越强大。当它进入大海而无人制约时，终将成长为海洋霸主。

我被放缓了速度，慢慢来到它的面前。

一个气泡在欧姆巴身前出现，气泡迅速扩大，很快把我罩了进去。我全身一轻，束缚尽去，连呼吸到的空气也清新了不少。气泡继续扩大，直到笼罩了方圆数十米范围，才稳定下来。

然后，一个声音在气泡中响起。

“你好，那多。”

这声音带着嗡嗡的响，粗粝生硬，不像是人发出来的。欧姆巴这种单细胞虫是没有发声器官的，我想，也许是欧姆巴利用空气或海水摩擦振动，来模仿人的声带吧。

“你好，我从来没想过，这个我也能和你见面。”我不知自己该面朝哪方，姑且就对着那堆巨型大脑吧。

“哦，我说的这个我，是指……”

“不需要解释，我能知道在那一个时空里曾发生过什么。在两个时空里，你都给了我新的生命。那直接一些，这次间接一些。”

“嗬，那这你让我来这里，是为了什么事呢？”尽管我对它是怎么知道另一个时空里发生的事相当好奇，但此时此刻，我不想把话题扯向那里，于是直接开口询问。

“我并没有什么事情啊。”欧姆巴呵呵笑了两声，这笑声听起来有了几分人味，“就是在我死去之前，和你这个没有见过的老朋友见上一面。不过我想，你应该有许多问题想要问我吧？”

“你真的要死了，可这怎么会，怎么可能？”欧姆巴第二次提到了它将要死亡，可它在我的印象中是无所不能，并且寿命悠长的。还是说，它所谓的死亡，是和上一次复活前一样，进行漫长的沉睡，不知在多少亿年之后，会再度复苏。即便这样也太亏了，它一次睡这么久，才醒没几年，又要睡了？

“总是要死的，的确，它来得很突然。巨大的力量，巨大的意识，毁灭的气息。”它说得越来越慢，最后停顿下来，似乎在回想某一个瞬间。

“我不知道那究竟是什么，我也不知道它究竟来自何方。我所能感受到的，是由下而上，由地底而地面的。那种力量，不是你们人类所感觉到的地震或海啸能比的，那是另一种层面的冲击。几乎所有贴近海底的生物，在生命的最本原处都受到了剧烈的震荡。在那之后，来自海岛的辐射成了催化剂，使我失去了稳定和还原自己的机会。而你眼前的这个试验场，则是我最后努力的结果。”

我曾经猜测过，欧姆巴遇上的麻烦和让海底人灭绝的麻烦是同一种，现在得到了证实。

“试验场？”原来这一大片不是坟墓，而是它的试验场吗？那一道道皱褶，都是它的实验室喽?

“用你们的话来说，基因试验场。我曾希望通过研究大量在这次灾难中变异的生物，来找到一种拯救自己的办法。”

“你……研究基因?”我情不自禁地说出了怀疑的话来。因为像欧姆巴、海底人这样的生命，给我的感觉一向是自体非常强大，走的是和人类全然不同的进化道路，举个例子，就像气功和物理那样格格不入。欧姆巴竟然也会研究基因吗?

可是转念一想，这并不奇怪。世间万物的道理归根到底是相通的，看起来南辕北辙，那只不过是没找到最根源之处而已。欧姆巴这样智力极度发达的生物更加神通广大，只要有心，人类的科研成果对它全都不是秘密，在此基础上钻研基因，并没有多少困难。而且，欧姆巴本就是单细胞生物的组合体，研究起基因来，有着得天独厚的优势。

面对我的质疑，欧姆巴沉默了，它沉默了很长时间，直到我开始不安。

我犹豫着是否该说些圆场的话，又觉得该安静地等待它自行开口。片刻后，我忽然隐约看见远处有些东西在移动。在峡谷的上方，像是有什么在晃，几道光闪过，很快又灭了。距离太远，借着那短暂亮起的光，惊鸿一瞥间，似乎看见了人形的东西。那些东西并没有沉下来，而是……而是粘到了峡谷两侧的绝壁上，或者，被这个实验场吞噬掉了。

“对不起，处理了一些不识相的小东西。嗬，我现在连分心多用的能力都渐渐失去了，时间不多了啊。”欧姆巴再次开口。

“那是?”

“噢，不用在意的小鱼。”

“我怎么看起来像是人。”

“的确是人，大概是什么自卫队之类的吧。”欧姆巴用毫不在意的口气说。

我吃了一惊，日本海上自卫队怎么会出现在这里?然后我才意识到，对欧姆巴来说，人类基本都属于不用在意的小鱼，就像人会用“嗡嗡叫的苍蝇”来比喻无足轻重的讨厌家伙一样。不要因为它对我相当礼遇，就把它当成是慈爱的天使，它终究是海中的庞然异类，杀人对它来说，就和杀死小鱼一样，根本不算回事儿。瞧瞧这绵延数公里巨大试验场里的各色生物，就知道它的手段了。

我的生死还全然操控在它的手中。想到这里，我立刻放弃了追问那几个倒霉的自卫队潜水员下场的打算，尽管我相信，既然有自卫队队员出现，那么这事绝不可能到此为止。

在更大的风波到来之前，赶紧把所有的疑问都一股脑儿地倒出来吧。

“你的试验需要突变生物，所以川崎美季子和全奉诚都是帮助你收集突变生物的，你的试验成果怎么样？”

“不过是垂死挣扎，不放过任何一根救命稻草罢了，这种临阵磨枪的事情，本来就没有抱多大的指望。”欧姆巴的语言越来越纯熟，起码汉语已经说得比桂勇要好了，语气中包含了许多未尽之意，有无限的欷歔。

“海洋里的突变生物，用不着别人代劳，但海洋之外的，现在的我就没有太多力量去捕捉了。突变的样本，对我来说是越多越好，我需要各种各样的生物变异模式，来推算自身进化变异的可能。所以海陆空，不管哪一环都不能缺少，如果我能多有一点儿时间的话，唉。”

“至于川崎美季子，她的确是和我有一个协定，但那个全奉诚，他只是想要帮助美季子而已，一拖一，算起来我找的这个帮手还挺合算，哈哈，哈哈。”

它笑了两声，语气忽地一变，说：“但要说全无成果，倒也不是。”

它在说这句话的时候，眼前的脑状本体忽地起了让我目瞪口呆的变化。

在靠近顶部的地方忽地裂开了个口子，一个水泡从口子里飘了出来，而水泡里，赫然是个婴儿。

水泡飘飘荡荡，移到了我所在的这个大水泡边缘，和大水泡粘在了一起，随着水流微微摆动。

“这……是你的孩子？”

四周突然爆发出震耳欲聋的大笑声，几乎要把我震倒了。

“我的孩子，呵，怎么会，我可是欧姆巴啊。这是川崎美季子的孩子，也是她愿意帮我的原因。”

“美季子的孩子？竟然在海啸中没死？”

“他生来就能在水中呼吸。只是有和美季子、全奉诚类似的问题。最后的时刻，还不得安宁呀。”

“啊？”我没听懂它的最后一句话，然后水泡边缘忽然振荡起来了。我四下张望，终于发现在头顶上有一道阴影。

那梭形的阴影就像条巨大的鱼，可我知道那不会是鱼，除非是一条蓝鲸异变后又增长了几倍。

那是潜艇。

会出现在这个海域的潜艇，只能是日本海上自卫队的。

几名先遣潜水员的失踪，终于招来了大鱼。

潜艇在裂隙的最宽处下降了没多深，就停住了。气泡又一次轻微地震颤起来，然后一阵低沉的嗡嗡声响起。

是声呐。

我猜，潜艇上的人应该已经发现这里的情况了吧。

突然间，一团亮光在上方炸起。我愣了愣，是鱼雷的攻击吗？

然后潜艇猛然就偏了，我眼看着它狠狠撞在一侧石壁上，明显变了形，然后失去动力地往下坠。坠落的途中有大量气泡冒出来，显然船体严重破损了。

我张大了嘴，看着这艘潜艇一头插进了离我不到两百米的谷底。

在这无声无息间，有多少人死去？

然而这只是开始。

肉眼可见的巨大旋涡绕着峡谷形成。贴着峡谷的那些脑状膜开始蜷缩起来，给我的感觉像是枯萎了，原本嵌在褶皱里的生物残骸被释放出来，卷入旋涡，粉碎。紧接着，膜的上端也被扯碎了，只剩下靠近欧姆巴本体的那些留了下来。原本这些膜给我的感觉是充满了邪恶活力的，但如今显然已经失去了一切生机。它们都是欧姆巴的一部分，仿佛欧姆巴把所有的能量都发挥出来，生命正从它巨大的身体里，不停地转移到这个旋涡里去！

我所在的水泡也开始受到旋涡的牵引，好像下一刻就要被撕碎一样。

“再见了，那多。我送你们回去，这个孩子，希望他能活下来。”

水泡缩小了，一直缩到紧贴着我的身体，就像最初时那样。然后，我浮了起来，那婴孩就在我的旁边。我们摇摇摆摆地，在旋涡的下方向着峡谷的另一端移动。然而，欧姆巴此时的力量，显然比把我接引来时弱了很多。前进的速度慢，时而左时而右，时而上时而下，终于一歪，被卷进了那个直径已经扩大到数公里的旋涡中。

还有氧气，但我很快就被转吐了，随即出于保护机制，我的大脑使我陷入晕厥。在那之前，我模模糊糊地看见，在旋涡的中心，有巨大的船被水流拖拽着，向下沉没。

后来我知道，在这一场被日方秘而不宣，但清清楚楚地出现在美国、中国、俄罗斯等国卫星云图上的巨大旋涡事件中，日本海上自卫队除了损失了一艘柴电潜艇之外，还沉没了两艘宙斯盾导弹驱逐舰和一艘直升机巡洋舰，此外还有包括直升机航母在内的四艘舰只受到不同程度的损伤。

我在沉没之地近岸的街道上醒来。我撑坐起来，发现十几步外倒着一辆摩托。那是美季子的摩托，也被欧姆巴送到了这里。

我无力地再次躺倒，脸侧向另一边，那里，一个婴孩正看着我。他的瞳人黑而深，仿佛隐藏着许多秘密。他并不哭泣，也不爬动，只是那样和我对视。也许在我醒来之前，他已经看了我很久。

我非常清晰地意识到，欧姆巴已经死去，这个伟大的生命和曾经生活在地球上的其他千万生命一样，归于尘土。那盘桓在海洋中的巨大阴影，再也不会被人见到。

“是你吗？”我心血来潮，忽地问身边的婴孩。

他没有回答。

尾声
世界尽头

它究竟有没有用某种方式，让自己借着孩子复活？这个问题，我和梁应物都在琢磨，但都没有答案。欧姆巴对生命的研究，已经超越了人类一大截。

梁应物和我同坐一班飞机回国，那个婴孩，他并没有交给日本方面。在我骑着摩托带着婴儿找到他的第一时间，他就找人把婴儿转移了。也许二十年后，X机构会多出一个优秀的成员。

我把同欧姆巴的对话一字不差地告诉了梁应物，因为日本海上自卫队的出现，有一些信息欧姆巴没能来得及和我详细说，但我和梁应物一起，把整件事基本还原了出来。

地震中，美季子的家和整片街区一起沉入海中，因为特殊的能力，她没有死去，而一出生就继承了母亲能力的婴孩也活了下来。然而，不管是婴儿还是美季子，因受到辐射的影响，或者还有让海底人和欧姆巴灭亡的那种神秘力量的影响，基因都已经变化，时日无多。不知道美季子是否事先觉察到了这一点，对一个母亲来说，让孩子顺利地活下去，长大成人，是远远超出自身安危的头等大事。

应该是在沉入海中的时候，美季子和欧姆巴有了接触。欧姆巴需要一个助手，来帮助它收集非海生的变异生物，研究基因变化。而美季子需要救自己，更需要救自己的孩子。美季子后来所拥有的种种特异能力，很可能就是欧姆巴实验的成果，但这样的成果只能帮助美季子有更多的手段来收集变异生物，而对她的基因稳定没有帮助。我怀疑美季子是开放了自己的身体，作为欧姆巴的试验场。她这样做，就已经放弃了自身存活的可能性。她的能力用得越多，特别是不同种类的能力用得越多，基因就越不稳定，最后导致基因崩溃而死。

可是她的孩子，也许是初生基因容易还原的原因，被欧姆巴救了回来，也算是履行了约定。

欧姆巴在死前请我去“一聚”，这有些突兀，似乎并没有必要性。它真有这么多人类的情感吗？事后想来，最重要的目的也许就是把孩子交给我。它究竟有没有用某种方式，让自己借着孩子复活？这个问题，我和梁应物都在琢磨，但都没有答案。欧姆巴对生命的研究，已经超越了人类一大截。

至于全奉诚，只是来日本之后适逢其会，在沉没之地碰见了美季子，在明白情况之后，决定用自己的隐形能力帮助她。不得不说，这个人真是活得太虐了。

陈果没有和我们同机回国。梁应物告诉我，之所以日本海上自卫队会出现，就是因为陈果。在崖上，在车内我们交谈时，梁应物的步话机在之前的撞击中出故障了，始终处于开通状态，于是我们谈论的一切都被另一辆车里的陈果听去了。她无法理解梁应物为什么竟让我独自去找欧姆巴，这等于是把主动权从 X 机构交到了我的手上。加上之前累积的不满，她私自作出了把情况向日方通报的决定。

“我说吧，我总觉得这小姑娘过度亲日。”我说。

“她是极端国际主义。”梁应物说。

梁应物没有告诉我陈果最终的结果，但想来肯定是不妙的。日本海上自卫队因为她的消息，蒙受了沉重的损失；而 X 机构方面，想必她是绝不可能成为正式成员了。两头都没讨上好啊。

这件事后来在非人世界里颇有余波，好像受此影响而死亡的非人，还不只美季子和全奉诚两个人，也有从普通人突变成非人的幸运儿存在。但我并不是这个圈子的，对此也不关心。我所念着的只是水笙和苏迎，但到我写下这些文字的时候，仍没有他们后续的消息。

相比几个非人的死亡和新生，整个海底人文明的断绝和海中霸主欧姆巴的陨落，才是真正足以在地球智慧生命史上记下一笔的大事——如果有什么生命在撰写这部巨著的话。

以上，是我原本为这篇手记写的尾声。

三个多月后，也就是二〇一一年七月，有一本书开始大肆在国内媒体上宣传。这是一本科幻小说，出版社的宣传点是，小说的作者原本是个精神病人。

我当然就想到了林贤民。

这本小说的作者并不是林贤民，而叫做魏进。但我还是忍不住从报社的图书记者那里，把这本书拿来翻了翻。

书里居然说的就是蝌蚪人的世界!

我立刻打电话给林贤民，此时他已经出院，我通过友和拿到了他的联系方式。林贤民接到我的电话非常高兴，在电话里和我啰啰唆唆说了许多。至于那本书，他很肯定地告诉我，从来没有把书授权给任何一家出版社，也不知道魏进是谁。他已经很久不去想写作的事了。实际上，我看见的这本书，虽然说的是蝌蚪人世界的故事，整个世界的设定和林贤民一模一样，但具体的故事和林贤民那本书里的并不相同。这更像是同一设定下的同人小说。

林贤民说，这并不是他新写的小说，我想不到他说谎的任何理由，只能选择相信。他说想不到任何可能泄密的途径，只和我谈论过这部小说。

言者无心听者有意，这话一下就给了我压力。我当然不会觉得是从我这里泄的密，所以决定花点儿时间查一查。于是，我联系了出版这本书的编辑。结果让我很意外，编辑说，这本书的确是那个叫魏进的精神病人独立创作的，而且这个人现在还在北京的一家精神病院里呢。

于是我就去找他。

细节不赘述了，总之，通过大量的人证物证，最终我只能承认，这书是魏进独立创作出来的。

但这个世界上，不可能有如此巧合。

我百思不得其解，于是就拿出来和梁应物讨论了一番，当然也未果。

到了二〇一一年九月，事情又有了进展。梁应物告诉我，他进行了一些调查，发现在精神病人群体中，有相当比例的人有蝌蚪人世界的幻觉。甚至在正常人中，有些神经衰弱症患者，也就是精神特别敏感的人里，也有做梦梦见蝌蚪人世界的情况。而整个关于蝌蚪人世界的共同幻觉里，除了世界架构一模一样外，还有一个共同点——这个世界毁灭了！

这让我想起欧姆巴说过的话。

巨大的力量，巨大的意识，毁灭的气息。

梁应物同时带来的另一个科考发现，让我们大着胆子，对整件事的根源作了个推断。

这个科考发现是“蛟龙”号深海潜艇带回来的。就是上个月被媒体连篇累牍地报道，突破了中国下潜纪录的那条船。

对人类来说，深海还是一片未知，每一次深海潜艇出动，都会带回大量新发现。但海洋广阔，潜艇下去也不能盲目乱转，有一些特定的地点，如果能够找到，必然能有收获。这些地点之一，就是海底喷气孔。

所谓海底喷气孔，就是在深海的海底，有一些深不可测，或许直达地心的孔洞。这些孔洞日夜不停地喷出来自地底的炽热气体。深海海底在正常情况下，水温在零摄氏度左右，但在喷气孔附近的温度要高得多，由此形成了特殊的生态圈，也有大量的特殊物种。

而“蛟龙”号此次下潜，就去了一处此前已经探明的喷气孔。

结果发现，喷气孔比之前用无人艇探测时，直径扩大了一倍左右。这是难以想象的，这种喷气孔在地质变化里一经形成，千万年都不会改变。如果再来一次地质变化，比如剧烈地震，那多半就消失了，哪儿有忽然增大一倍的道理。

最初以为必然是之前的探测数据有误，但进一步勘测后，发现该处八个喷气孔孔洞内壁全都结晶化，这种结晶是近期形成的。而且要把玄武岩烧到这种程度，瞬间温度需要几万摄氏度，难以想象地底会出现这样的高温。这其中又有一个悖论，如果真的产生了这样的高温，又怎么可能只把喷气孔扩大区区几米呢？

结论就是，能量以某种人类难以想象的高聚集形态，从地球深处喷发出来。

此外，这个喷气孔附近的生物圈，发生了几乎是翻天覆地的变化。生物圈内的上百个物种锐减了一多半，剩下的生物都出现了相当程度的突变。

梁应物给我看了一些突变后的生物照片，特别指了其中一张给我看。

“这是什么？蝌蚪人？”我吓了一大跳。照片上的生物，有一个红色的大头和长长的身体，尾部变尖，让我想起了蝌蚪世界最主要的生命——蝌蚪人。

“这是阿尔文虫，一种管状蠕虫。当然，它们原本不是这个模样。现在它们的体形是六到八米，是原本的三倍；头部变大，尾部变尖，比之前敏捷了许多。当然，很可能这只是一种偶然的突变，和蝌蚪人无关。”

虽然我和梁应物都倾向于认为，阿尔文虫的蝌蚪人化只是突变中的巧合，但深海喷气孔出现的异状，让梁应物提出了大胆假设。

会不会我们居住的地球内部，出现了重大变故？

没有人知道地球内部到底是什么样子，所谓的地幔、地核，只是科学家们的推测，没有任何一种仪器能真正探测出地球内部的结构。而在科学史上，这种推测失准的概率是非常高的，甚至常常与真实情况南辕北辙。

有没有可能，林贤民与魏进所写的蝌蚪人世界就是地心世界？

那个世界的毁灭，就是地心世界的毁灭。整个世界的湮灭，巨大的物质能量，所有生灵求生和垂死的意志，从地心逸散出来，造成了一系列的后果。

人类从来没有观察到完整世界的毁灭，关于宇宙的初生和灭亡，有一系列假说，并且在不断变化中。整个世界的毁灭，不可能像一颗炸弹爆炸，也不可能像一颗恒星爆炸，那不仅是物质毁灭，更是空间性、时间性的，甚至还可能有其他的变化。比如，从精神投射、生命本原震荡和物质能量释放等几个层面，对其他世界产生影响。

所有对蝌蚪人世界的描绘，都是极其奇特的，根本看不出这是一个在星球内部的世界。但既然从没有人到过地心，从没有仪器探测到地心，为什么它就不能是这个样子的？

就像微观的量子物理世界，所有的物理规则都和常规世界大不相同。地心世界，很可能也和我们这个世界迥异。

这样一个地心世界的假设，可以解释所有已知的问题。从科学层面说，如果没有一个更合适的理论来解释，或者找到反证，那么我们就可以暂时接受它。

“又一个假设，这些年来，我们作过多少这样的假设了？”我问梁应物。

“许许多多。而且我们还会作更多。这就是我们的世界，我们对它一无所知，只能在微末的基点上进行大胆想象。”

对于世人来说，日本大地震、大海啸和核泄漏所造成的死难伤痛是举世难忘的。而对几个月前的我和梁应物来说，欧姆巴的死亡，让我们见证了曾在短时间内雄霸整个海洋的伟大生命瞬间凋零，而海底人的全族毁灭，更是一个比人类文明更长的地球智慧文明的消亡，其震撼性要远远超过日本地震对人类社会的影响。如今，这一切与地心世界的毁灭相比，都成了浮云。那个世界有多少物种、多少文明，如今都已经烟消云散，成为人类中的一些精神病人的笔下世界。

不知道地心现在的状况是什么，也许一个新的世界正在混沌中酝酿着，在几亿年后，又会重新诞生生命。当然，也许那里的时间和我们的时间并不对等，新的生命已经出现。

我看见了一个世界的尽头啊。

“你觉得明年，二〇一二，会是我们的尽头吗？”我忽然问梁应物。

梁应物瞧瞧我，摇摇头，起身离去。

我知道，这并不是嘲笑，也不是担忧。而是我们对这个世界所知甚少，更无法把控。无法改变的事情，没有讨论的意义。

唉，这个现实而无趣的家伙！

那多灵异手记

X档案

带你窥破世界的无限真相

X机构

档案1：《凶心》

亲历者：那多 梁应物

亲历者档案：

那多

上海晨星报记者，强烈的好奇心和对任何事物的怀疑态度，以及记者的身份，使他常常接触到这个世界被隐藏起来的另一面。平心而论，称他为冒险家比记者更加合适。在本档案中，与梁应物一起随行到神农架进行考察，不料发现了百年前的一宗诅咒，并成功地借此破解了“人洞”背后的奥秘。

梁应物

X机构重点培养人选，名为上海某大学教授。具有哈佛生命科学博士与斯坦福核子物理硕士学位，机构的研究人员，为人严肃而极具理性精神。本次负责F大组织的神农架考察，与那多一起在考察中发现了诅咒并且成功地破解了“人洞”。

档案详情：

在神农架新华乡南部猫儿观村一山洞里，发现了一百多年前留下的层层叠叠的尸骨。有男有女，有老有少，共三百多具。令人触目惊心。

数百人为何同居一洞？是什么原因导致他们命丧黄泉？一群大学生在那多与梁应物历尽九死一生的磨难后，终于揭开了前世那些爱恨情仇……

机构点评：

梁应物在本次档案中表现出色，请考虑对其的考察。机构应加强对研究人员身边人员的掌控，请重点关注那多。路云已应D爵士邀请，拟参加下一届非人聚会。

档案2：《铁牛重临》

亲历者：那多

亲历者档案：

那多

在本次档案中，为了探明林翠的举动，那多潜入现场，在过程中疑似被传送到了平行世界中，失踪数小时后，神秘地出现在铁牛的发掘现场附近。

档案详情：

都江堰鱼嘴在元朝时是铁牛与铁乌龟，如今不知所终。在寻找都江堰中明代铸造的铁牛时，技术人员林翠迷失了自己。她身在此世，而记忆和言行仿佛来自另一个世界。那么，原来的林翠到哪里去了？会有不同的平行世界和不同的林翠吗？

机构点评：

记者那多在本次档案中的表现令人叫绝的同时也令人深思，纵观整个X机构，能具有这种素质的新人也只有梁应物一人而已。结合《凶心》事件中两者的关系，不由得令人深思两者之间究竟有何关系。至于铁牛，已经由机构秘密运往实验室，在那里，铁牛将被进行最全面的检测。

档案3：《坏种》

亲历者：那多 叶瞳 梁应物

亲历者档案：

那多

在本次档案中，那多来到了白公山，第一次和机构并肩作战，破解了坏种子。

叶瞳

某机关报社的美女记者，因具有比那多更加强烈的好奇心，使她对一些事情具有独特的夸张想象。在本次历险中，与那多一起破解了“种子”的信息。

梁应物

因某种原因被机构派往白公山负责本次“坏种子”事件，因其失误导致了巨大的损失，但因其发现了史前文明的飞船，功过相抵，被调回F大继续研究员的工作。

档案详情：

三百万年前一次陨石的坠落给地球带来了一颗种子，人类必须抑制它的生长才能免于被毁灭的结局。古代人类为此付出了生命等惨痛代价，当种子重现时，我们将怎样才能抑制并毁灭它呢？

机构点评：

这是那多第一次与X机构合作，破解神秘事件，也是X机构创立以来，首次对外人公开自己的部分资料。我们有理由相信，在不久的未来，那多这个名字必将会被记载在一些不为人知的档案中。而机构重点培养的梁应物在经历了这次挫败后，不久将迎来他在机构中的第一次重要选择。

档案4：《幽灵旗》

亲历者：那多 卫先

亲历者档案：

那多

擅长从新闻细节中探知世界另一面的冒险家记者，上海晨星报资深记者，与F大教授的X机构成员梁应物交好。在本档案中，通过对老旧建筑的探究，发现了隐藏于历史真相之外的曹操墓。在破解幽灵旗的过程中，身中暗示，在垂死之际遇到了精通暗示的夏侯婴，成功被其救治，目前已返回上海。

卫先

盗墓之王卫不回后人，盗墓世家当代最杰出的高手之一，行走在地下世界的历史见证者。后因夺取“天下第一”的称号，惨死在曹操墓的暗示之下。

档案详情：

四栋经过抗战时日军轰炸而奇迹般保存下来的“三层楼”，究竟为何幸免于炮火？是得益于传说中其楼顶飘扬的外国旗的庇护，还是当年“三层楼”的主人孙氏兄弟扛出的大旗震慑了日本鬼子的嚣张气焰？由神秘旗子引发的种种疑惑，正在随着那多与盗墓世家最优秀的传人卫先的不断深入调查而逐渐明朗。

机构点评：

机构在梁应物为那多办理护照的时候得知了本次事件，经过高层研究，已将“三层楼”通往曹操墓的地下室入口封堵。关于古老家族流传下来的一些特殊技能，不仅是非人协会有兴趣。机构目前正在与成功破解那多所中暗示的夏侯婴取得联系，希望能够借助其力量攻克X机构目前正在研究的课题，发现其最近与海盗王郑海之子郑余接触频繁。

档案5：《神的密码》

亲历者：那多 梁应物 卫后

亲历者档案：

那多

擅长在新闻文字下探究世界另一面的冒险家记者那多，这次在故友梁应物、水笙以及卫先胞弟卫后的协助下，成功地破解了这一“神的密码”，再次拯救了危机。

梁应物

X机构研究人员，那多的好友。在本次冒险中，集合多方力量，终于与那多成功破解了“神的密码”，再次拯救大家与危难之中。

卫后

盗墓之王卫不回的后人，盗墓世家当代最杰出的天才，行走在地下世界的历史见证者。

档案详情：

印度洋大海啸余波未息，在印度马哈巴利普兰，曾经汹涌的海水缓缓退去，露出原本深藏在沙下的大片遗迹。两千多年前的遗迹石刻重见天日后引起一片哗然，被海水侵蚀却依稀可辨的古老文字令人毛骨悚然，这场恐怖的大海啸早在两千多年前就已被预言？

那多跟踪新闻文字下的线索，在浮水的遗迹中发现了巴利文字，随后找来了故友梁应物、路云、水笙等。在他们的帮助下，文字背后隐藏的真相终于逐渐浮出水面。

机构点评：

这是那多再一次成功破解了危机的事件。那多在结合了自己非人世界朋友的力量下，通过梁应物的帮助，成功地破解了“神的密码”。

档案6：《过年》

亲历者：那多 梁应物

亲历者档案：

那多

在这次的冒险中，那多发现了关于所谓平行世界的真实存在。在三段离奇的经历中，那多不断通过抽丝剥茧的推理，发现了平行世界的存在。并通过手记之间的彼此联系，令另一个世界的我，帮助传说中的年成功地脱离X机构的掌控。

梁应物

X机构研究人员，那多好友。在这次冒险中，梁应物协助那多通过推理论证了平行世界的存在。同时，在另一个世界的梁应物在那多手记的帮助下，让年兽欧姆巴逃离了X机构的研究室。

档案详情：

三篇那多手记，三段离奇的经历。手记的落款都是“那多”。但，这个“那多”是否就是你我身边的“那多”？这世界上难道还有第二个“那多”？为何三篇手记会依次出现，这是一个信号，还是一个预兆？

远古流传的“过年”的习俗，原来并非只是一个习俗……

机构点评：

这是那多无限接近世界真相的一次冒险，在这次冒险中，几乎所有人都不知道在他的身上到底发生了什么，也许这背后隐藏的便是这个世界的无限真相。遗憾的是，我们失去了对年兽的控制权。梁应物在这次事件后，被调任相关岗位。

档案7：《返祖》

亲历者：那多 六耳

亲历者档案：

那多

神奇的冒险家记者，在这次的冒险中，因机缘巧合，在旅游途中结识了发生返祖现象的六耳。在帮助六耳的同时，破解了三兔图的奥秘，并且成功地借此帮助警方破解了发生在二十年前的一宗不同寻常的大规模强奸案。

六耳

原本是普通人的他，在机缘巧合下拥有了“齐天大圣”的能力，成为非人。

档案详情：

福建惊现“齐天大圣”墓，难道真的有“齐天大圣”吗？那多到该地旅游，途中结识同伴六耳。在返回上海的某天后，六耳突发返祖现象。这一匪夷所思的现象，让医学专家也束手无策。那多经过调查与分析，这一切竟和二十多年前的一宗大规模强奸案以及“齐天大圣”墓有着密不可分的神秘联系！

神秘的三兔图，古老的墓室，这一切有着怎样的关联呢？

机构点评：

这是那多冒险中最为奇诡的一次，发生在六耳身上的不仅仅是变异或者某种特殊基因的传承，应该是更为深层的关于人类进化的一个信号。而那多本人也在这次冒险中，进一步增加了自己在暗世界的名望，希望在不久后的非人世界聚会上，能够看到他的身影。

档案8：《亡者永生》

亲历者：那多 何夕

亲历者档案：

那多

冒险家记者那多，这次在X机构的帮助下成功地进入了已经被封锁的小区中，对一种人类目前无法抑制的病毒进行新闻采编。在采编的同时，协助破解了隐藏在病毒背后操控这一切的太岁的真实身份，并在众人的帮助下，成功地将太岁的寄主抓获。

何夕

兼具美貌与智慧的荷兰籍华人，范氏病毒的权威研究人员。在破解太岁的过程中被病毒感染，在体内产生了具有自我意识的太岁。是那多深爱的女人。

档案详情：

这是那多经历的所有冒险中最令人震惊的一次。在瘟疫爆发的上海某小区，人类因内脏的不断变化而导致爆体死亡，不断上升的死亡数字与压力让所有人束手无策。那多在众人的帮助下，发现了病毒瘟疫背后操纵着一切的太岁，而太岁竟和道家流传下来的内丹等学说有着某种神秘的潜在联系。

机构点评：

那多成功地破获了范氏病毒的瘟疫，在这场瘟疫中，范氏病毒的创始人范海勒死亡，其养女身中病毒失踪，该女疑似与那多存在暧昧关系。关于范氏提出的永生的构想，机构已将相关资料封存，失踪的法医由梁应物负责追查。

档案9：《变形》

亲历者：那多 水笙

亲历者档案：

水笙

海底人最杰出的后人，拥有强大的力量，为了与苏迎的爱情，忍受了几十年的痛苦，终于在那多的帮助下如愿以偿地转变成真正的人类，和苏迎在地球的某个角落幸福地生活在一起。

苏迎

神秘的女子，与她接触越多，谜团越多的女子，到底是她精神分裂，还是其言确有其事？在那多的帮助下，最终与水笙幸福地生活在一起。

档案详情：

在这次历险中，那多跟随考古工程队的步伐，在发现变异生物后，发现了正在变异的各种生物。在变异生物与考古遗址的探索中，那多发现了这个地球上的另一种高等智慧生物：海底人。

人是特殊物种，但毕竟只是一个物种，当物种之间可以自由变形时，人类将何去何从？

机构点评：

那多再一次遇到了人类进化的历险，最令人感动的是，在这次历险中水笙与苏迎的爱情故事。据悉两人目前已经在日本定居，根据资料，日本海附近有一处海底人聚居地，疑似水笙的故乡。

档案10：《纸婴》

亲历者：那多 何夕

亲历者档案：

那多

在本次事件中，那多经过抽丝剥茧的推理，在何夕等人的帮助下，成功地破解了纸婴事件。

何夕

那多女友，在经历了《亡者永生》档案中记载的太岁事件后，再次回到那多身边，纸婴事件前在上海做法医。

档案详情：

一个普通的产妇临产，生下的婴儿竟轻薄如纸。接着，诡异的事情接二连三地发生，产妇也离奇被杀。警方立即介入调查。最终捉拿归案的嫌犯对杀人罪行供认不讳。然而审判当天，凶手居然在严密的法院守卫之下人间蒸发……一切都诡秘至极。与此同时，韩国惊现冰冻婴儿！经过何夕的检测，发现冰冻婴儿四肢肌肉组织异常发达。更诡异的是，冰冻婴儿竟然与被杀的产妇一样，有着一种举世罕见的血型……

机构点评：

这是一次 X 机构没有过多涉入其中的事件，根据事后的资料分析，那多这次面临的是一起由超能力引发的神秘事件。

档案11：《把你的命交给我》

亲历者：那多

亲历者档案：

那多

在这次的事件中，那多为了调查一宗离奇的自杀案件，在精神病院实地探察，发现了一个可怕而又充满诱惑的实验。在实验中，这个世界就是每个人的一场梦，而那多最终选择从梦中醒来，将真相公布。

档案详情：

在这次事件中因一起离奇的自杀事件，那多开始了新一次的调查。在调查自杀身亡的著名历史学家时，那多发现，这起看似诡异的自杀事件，竟和十几年前的一所精神病院息息相关。一场恐怖血腥的集体自杀，令人不得不怀疑他们到底看到了什么。

这个世界，究竟是不是我们人类理性认识的那样？不可思议的事件，究竟是鬼神在作怪，还是人类理性尚未理解的现象？那多的调查，将面临怎样不可思议的结局？集体自杀的精神病院医生、护士和病人，究竟看到了什么真相？

世界，真的不容置疑吗？

机构点评：

这是那多经历的所有事件中，最为离奇也最耐人寻味的故事。在这次事件中，自杀身亡的著名历史学家，经历了十几年的岁月洗礼，依旧无法抵挡曾经的实验，而这个世界，真的如这些人眼中一样，是我们所有人的梦吗？而在这场梦中，你我又是以怎样的方式存在？

图书在版编目（CIP）数据

世界尽头 / 那多著. — 长沙：湖南文艺出版社，
2012.5
ISBN 978-7-5404-5440-1

Ⅰ. ①世…　Ⅱ. ①那…　Ⅲ. ①推理小说-中国-当代
Ⅳ. ①I247.5

中国版本图书馆CIP数据核字(2012)第043655号

上架建议：小说·悬疑推理

世界尽头

作　　者：那　多
出 版 人：刘清华
责任编辑：丁丽丹　刘诗哲
监　　制：蔡明菲　潘　良
策划编辑：柳絮恒　布　狄
版式设计：姜利锐
封面设计：棱角视觉
出版发行：湖南文艺出版社
（长沙市雨花区东二环一段508号 邮编：410014）
网　　址：www.hnwy.net
印　　刷：北京世纪雨田印刷有限公司
经　　销：新华书店
开　　本：787mm × 1092mm　1/16
字　　数：220千字
印　　张：15
版　　次：2012年5月第1版
印　　次：2012年5月第1次印刷
书　　号：978-7-5404-5440-1
定　　价：28.00元

（若有质量问题，请致电质量监督电话：010-84409925）